KB048082

은퇴 부부의
42일 자유여행

은퇴 부부의 42일 자유여행

초판 1쇄 발행 2024년 9월 6일

지은이 김연순   **펴낸곳** 크레파스북   **펴낸이** 장미옥
편집 박민정, 표수재   **디자인** 어윤희, 최주리   **마케팅** 김주희, 문서희

출판등록 2017년 8월 23일 제2017-000292호
주소 서울시 마포구 성지길 25-11 오구빌딩 3층
전화 02-701-0633   **팩스** 02-717-2285   **이메일** creb@bcrepas.com
인스타그램 www.instagram.com/crepas_book
페이스북 www.facebook.com/crepasbook
네이버포스트 post.naver.com/crepas_book

ISBN 979-11-89586-80-5(03810)
정가 18,000원

이 도서의 국립중앙도서관 출판예정도서목록CIP은 서지정보유통지원시스템 홈페이지(http://seoji.nl.go.kr)와
국가자료종합목록 구축시스템(http://kolis-net.nl.go.kr)에서 이용하실 수 있습니다.

은퇴 부부의
42일 자유여행

크레파스북

프롤로그

여행이란 행복한 공기를
나누는 기회

스무 살 무렵 기타 연주곡 〈알람브라 궁전의 추억〉을 처음 들었다. 그때 생각했다. 언젠가 알람브라 궁전에 꼭 가봐야겠다고. 마흔 살이 넘어서는 '스페인 한달살이'를 버킷 리스트에 올렸다. 그리고 마침내 육십이 다 되어가는 즈음 실행에 옮길 수 있었다. 하던 일의 임기를 마치고 곧바로 혼자라도 떠나고 싶었으나 코로나19가 허락하지 않았다. 코로나19 상황이 풀린 작년 봄, 드디어 남편이 은퇴했고 이 시점에 맞춰 함께 출발하게 되었다.

2023년 4월 5일 출국해 42일간의 여행을 마치고 5월 18일 입국했다. 6주 동안 스페인, 포르투갈, 모로코의 여러 도시를 다니며 보고, 듣고, 수많은 일을 경험했다. 원래 여행기를 쓸 계획은 없었다. 다만 여행 중에 그날그날의 일을 기억해두고 싶어 매일 밤 약간의 메모를 해두었을 뿐이다.

여행을 마치고 돌아와 보니 그래도 그간의 일들을 기록으로 남기고 싶은 마음이 불쑥 들었다. 매일 밤 끄적거린 메모와 찍어둔 사진을 보며 회상에 의지해 글을 쓰기 시작했다. 방문한 여러 도시에 대한 자료도 다시 찾아보았다. 《오마이뉴스》에 기고하며 2주일에 한 번씩 쓰면 괜찮겠거니 했는데, 생각보다 2주일은 금세 돌아오곤 했다. 글쓰기가 스트레스일 때도 있었지만 한 편을 쓰고 나면 후련하고 뿌듯했다.

그동안 간간이 해외여행을 한 적은 있지만 42일이나 되는 긴 시간 동안의 여행은 처음이다. 우리 부부 단둘이서 패키지가 아닌 자유여행을 떠난 것도 처음이었다. 그것도 둘 다 영어도 거의 못하면서 용감하게 말이다.

비행기를 놓칠 뻔한 적도 있고, 비밀번호가 틀려 카드가 정지되었는데 환전까지 안 된 적도 있었다. 길에서 대판 싸우기도 하고, 감기몸살로 온몸이 아픈 적도 있다. 온갖 난감한 일이 많았지만 지금도 지난 여행을 떠올리며 이야기하다 보면 옥신각신하면서 서로 킥킥대고 웃는다.

은퇴 후 처음 경험해 보는 '여행하며 24시간 함께 붙어 있기'가 어떨까 싶었는데 나는 대략 만족이다. 남편에게 어땠는지 물었더니 '진상 고객' 모시느라 힘들었단다. '심기 경호'까지 해야 했다나? 빵 터졌다. 인정한다. 내가 좋아하는 방향과 컨디션을 중심으로 여행 동선을 짜고 제안해 준 남편에게 고맙기 그지없다. 물론 지도를 잘 못 보는 남편 대신 여행지 현장에서 위치와 방향을 안내한 사람은 바로 나다. 역할 분담이 그럭저럭 잘되었다는 말이다. 물론 나만의 생각일 수도 있다.

우리가 여행을 마치고 돌아오자 주변의 사람들이 우리에게 대단하다고 말한다. 그러고는 자신은 그렇게 못할 것 같다고 한다. 나이 들어 배낭여행이 힘들지 않겠냐고, 영어도 못하는데 자유여행이 가당키나 하겠냐고 말하곤 한다. 이렇게 생각하는 사람들에게 적극 권하고 싶다. 더 나이 들기 전에 떠나라고. 우리 둘 다 영어에 서툴러 고생도 했지만 번역 앱과 지도 앱을 충분히 활용해 큰 사고 없이 다닐 수 있었다고. 다만 여행 계획을 짜면서 여행지에 대한 학습은 충분히 하고 가길 권한다. 보는 게, 들리는 게 다르기 때문이다.

여행을 다녀온 후 한동안 가까운 지인들이 집에 오면 타파스를 들이밀었다. 여러 가지 채소들을 잘게 다지고, 소스를 버무린 참치 혹은 새우 같은 해산물을 바게트에 얹어 예쁜 접시에 담아냈다. 타파스의 화룡점정은 적당히 짠맛의 올리브다. 올리브를 얹은 타파스를 내놓으면 사람들은 일단 환호성을 지른다. 몇 차례 환호가 오가다 보면 먹는 즐거움이 배가 된다. 그러고는 주변으로 행복한 공기가 스멀스멀 퍼진다. 여행, 그것은 행복한 공기를 나누는 기회가 아닐까?

　책을 출판하게 되며 돌아보니 고마운 사람들이 많다. 여행 중에 가장 많이 떠오른 나의 부모님, 지금의 나를 있게 한 나의 근간이자 비빌 언덕이 되어주신 부모님께 감사하다. 세상에 제 목소리를 낼 수 있게 용기와 신뢰를 보내준 나의 부모님 덕분에 단단하게 발 딛고 살아올 수 있었고 용기 내어 훌쩍 여행도 떠날 수 있었다. 하늘에 계신 두 분께 고마움을 전한다.

　여행을 준비하는 과정에서 틈틈이 딱 필요한 조언을 해준 프로여행러 상백과 지혜(특히 지혜에게 받은 족집게 영어 과외가 큰 도움이 되었다), FC 바르셀로나 축구 직관에 지대한 공헌을 해 준 상섭, 언제나 곁에서 지지하고 힘이 되어주는 40년 지기 친구 정란, 따뜻한 응원으로 용기를 내게 해준 양가의 가족들과 친구들에게 고마움을 전한다. 무엇보다 세심함과 배려심을 장착한 나의 동반자이자 가장 편안한 친구인 남편 강명수 씨 덕분에 무사히 여행을 마칠 수 있었다. 깊은 고마움을 전한다.

　마지막으로 책으로 낼 것을 제안해 준 《크레파스북》 출판사와 편집자께 감사를 전한다.

Contents

1

안 싸울 자신은 없지만
바르셀로나로 출발!

간혹 스페인 여행 중 마드리드는 볼 게 없다고 말하는 사람들이 있다.
내 생각에 그건 오판인 것 같다.
미술관들만 둘러보아도 그 자체로 마드리드는 충분히
사람들의 마음에 풍요로움을 선사한다.

빌바오

산세바스티안

세고비아

마드리드

톨레도

바르셀로나

42일간의 여행,
출발 전 남편과 한 다짐

바르셀로나 해안가

은퇴 부부의 42일 자유여행

오랫동안의 소원이었다. 스페인 한달살이. 하던 일의 임기를 마치고 혼자 떠나고자 했으나 그놈의 코로나19가 길을 막았다. 2년을 기다렸고 드디어 올해 3월에 퇴직한 남편과 함께 배낭여행을 시작했다.

남편과 24시간 내내 붙어 있는 건 처음이다. 출발할 땐 둘이지만 돌아올 땐 따로따로 아닌가도 싶었다. 우리 꼭 같이 오자, 서로 째려보며 몇 번이고 다짐했다. 그리고 동시에 똑같이 말했다.

"너만 잘하면 돼."

스페인과 포르투갈도 그렇지만 모로코는 내게 더더욱 낯설고 막막한 나라다. 모로코는 "그냥 끌린다"며 남편이 오래전부터 간절히 원했던 곳이다. 아프리카 대륙은 처음이니 그것도 나는 좋았다. 세 나라의 언어는 물론 영어도 못하면서 호기롭게 배낭여행을 계획한 건 아마도 배짱? 나이 드니 느끼는 건 그저 배짱뿐인 것 같다.

다섯 권의 여행 책자를 훑고 숙박지를 예약하고 현지의 항공, 기차 등 대략의 교통편 예약을 마쳤다. 숙박지는 숙박 앱을 활용했는데 중심지와의 거리, 주변 환경, 청결도, 가격 등을 고려해 결정했다. 남편이 대여섯 개를 골라 놓으면 최종 선택은 내가 했다. 어떤 도시는 내가 직접 골라보려 했으나 선택지가 너무 많으니 쉬운 일이 아니었다.

캐리어를 꺼내 즉석밥과 라면, 밑반찬 몇 개와 접이식 휴대용 전기포트를 넣었다. 나중에 알았지만 휴대용 전기포트를 가져간 건 그야말로 신의 한 수였다. 여행 기간이 6주나 되기에 짐을 최소화해도 커다란 트렁크 2개가 거의 찼다. 소매치기가 많으니 가방은 무조건 앞으로 메야 한다는 얘기를 듣고는 여행을 앞두고 선물 받은 슬링백도 챙겼다. 이제 드디어 출발한다. 오로지 구글 번역 앱과 지도 앱만 믿고.

13시간을 날아 바르셀로나 엘프라트 공항에 도착했다. 4월 5일에 출발했는데 도착해도 4월 5일이다. 공항버스를 찾아 조금 헤매다가 정류장을 발견하고 버스를 탔다. 옆에 표를 파는 곳이 있어 사려고 했는데 보아하니 버스에 타면서 직접 내기도 한다. 우리도 버스를 타면서 표를 냈다.

내릴 곳을 놓칠까 봐 구글 지도를 켜고 얼마나 남았는지 수시로 점검했다. 40분쯤 지나 드디어 목적지인 카탈루냐 광장에 도착했다. 나중에 알았는데 거기가 종점이었다. 제대로 내리지 못할까 봐 긴장했던 게 무색하게도 종점에서 모두 내린다.

캐리어를 끌고 광장에 서니 아, 이제 진짜 스페인이구나 실감이 났다. 사방을 둘러보니 사람들이 바글바글하다. 광장을 둘러싼 건물들도 하나같이 경이롭다. 3개의 깃발이 날리는 건물이 특히 눈에 들어와 자세히 보았다. 스페인 은행이다.

건물 맨 꼭대기에 스페인 국기, 바르셀로나 깃발, 유럽연합 깃발 세 개가 나란히 바람에 휘날리고 있다. 그래, 이게 바르셀로나지 싶었다. 스페인이면서 또 스페인이 아닌 지역 바르셀로나. 가슴이 두근거렸다.

숙소인 호텔까지 걸어서 6분. 나는 몇 달 전에 발목을 다쳐 많이 걷지 못한다. 그래서 비싸더라도 어쩔 수 없이 숙소는 무조건 시내에서 가까운 곳으로 정했다. 구글 지도를 보며 이리저리 지나 예약해 둔 숙소에 도착했다. 다행히 나는 지도 보는 눈이 밝고 지도 보는 걸 재밌어 한다.

미리 연습해 둔 영어로 무난하게 체크인하고 방으로 올라갔다. 드디어 우리 방이다. 깔끔한 하얀 침대에 열십자로 벌러덩 누웠다. 긴장이 사르르 풀리며 웃음이 절로 나왔다. 대충 짐을 정리하고 잠시 쉬었는데 허기가 밀려왔다. 저녁을 먹으러 카탈루냐 광장으로 나왔다.

바르셀로나에서 여행자들이 가장 많이 모인다는 람블라 거리가 길게 펼쳐져 있다. 차도를 양쪽으로 가운데 널따란 보도가 있는데 보도 위 아름드리나무들이 그늘을 만들어 준다. 땡볕에 있다가도 그늘로 들어서면 시원하다. 습기 없는 건조한 기후가 그리 만든다.

보도에 길게 상가들이 늘어서 있고 카페와 식당, 각종 간식거리 노점, 그리고 기념품 가게 점원들이 서로 오라며 손짓했다. 중간중간에 빈 의자들도 있어 사람들이 걷다 힘들면 앉기도 한다.

여행 책자에서 본 보케리아 시장이 보였다. 들어가 보니 입이 절로 벌어질 정도로 엄청나게 넓은 광장이 펼쳐져 있고 각양각색의 먹을거리들이 그득했다. 타파스, 올리브, 하몽 등 스페인의 대표적인 먹을거리뿐 아니라 치즈, 생선, 육류 등 온갖 종류의 음식점들이 빼곡하게 들어서 있다.

우리는 몹시 배가 고팠고 곧바로 타파스 가게로 향했다. 타파스는 해산물, 고기, 채소, 치즈 등 각각의 재료를 간단히 요리해 작은 접시에 담은 음식을 말한다. 손으로 들고 한두 번에 먹을 정도의 작은 크기다. 즐비한 타파스 가게 중 하나를 골라 자리 잡고 앉았다.

메뉴판을 한번 훑어보고 진열되어 있는 타파스 종류도 살펴보았다. 나는 관자와 버섯, 남편은 하몽이 들어있는 타파스를 주문했다. 음료는 화이트 와인과 레드 와인 한 잔씩. 관자는 무척이나 부드러웠다. 버섯은 간도 적당했고 감칠맛이 났다. 남편은 하몽을 먹으며 와인 안주로 이보다 더 좋은 건 없다고 했다. 아주 마음에 든단다. 먹다 보니 먹고 싶은 게 더 보여 두어 개 더 주문했다. 맛보려고 들어간 건데 배가 부를 때까지 먹어 버렸다.

은퇴 부부의 42일 자유여행

관자를 얹은 타파스

밖으로 나와 람블라 거리를 따라 쭉 걸었고 걷다 보니 바르셀로나 해변에 이르렀다. 바르셀로나 해변은 지중해에 접해 있다. 해변 근처 작은 광장에 높은 탑이 보인다. 가까이 가보니 탑 위에 동상이 있는데 바로 크리스토퍼 콜럼버스다.

이사벨 왕의 지원을 받아 '신대륙을 발견'한 콜럼버스는 스페인을 해상왕국으로 끌어올리는 데 큰 역할을 했다. 스페인 경제부흥에 지대한 공을 세운 콜럼버스는 스페인에서 영웅 대접을 받는다. 내가 초등학교 시절 읽은 세계위인전집에도 콜럼버스가 있었고 그는 탐험가로서 위인으로 아직도 추앙받는다.

그러나 따지고 보면 그는 아메리카 땅에서 오래도록 살아온 선주민(先住民)들에게는 약탈자가 아닌가. 최근에는 콜럼버스에 대한 다른 시선을 가진 사람들이 많아졌다고 한다(콜럼버스 이야기는 다음번에).

바르셀로나 해변엔 여유롭게 산책하는 사람들이 많다. 데크에 눕거나 나란히 앉아 이야기 나누는 아이들을 보니 마음이 평화로워졌다. 놀이기구에 줄에 앉아 겅중겅중 뛰는 아이들을 보면서 내 마음에 평온이 햇살처럼 쏟아졌다. 바닷가 카페로 들어가 커피를 마셨다. 유럽 대륙에 와서 아메리카노나 마시면 되겠나. 호기롭게 에스프레소를 주문해 마셨다. 물론 설탕을 듬뿍 넣어서.

바르셀로나 해변에서 놀이기구를 타는 아이들

은퇴 부부의 42일 자유여행

가우디의 일생,
사그라다 파밀리아 성당을 가다

저 멀리 초록 잎 나무들 사이로 사그라다 파밀리아 성당이 보인다. TV 여행 프로그램과 책자에서 몇 번 보긴 했으나 막상 눈에 들어오니 심장이 마구 떨려온다. 가까이 갈수록 감탄사가 절로 나왔다. 거대한 높이도 그렇지만 뭐 하나도 평범치 않은 독특한 모양에 입이 절로 벌어졌다.

아직도 건축 중인 성당은 한편에 공사 가림막이 있고 꼭대기엔 거대한 기중기가 달려 있다. 매일 공사가 진행되고 있으니 내일의 성당은 오늘 본 성당이 아닌 셈이다. 그리 생각하니 '오늘의 성당'을 한 장면이라도 놓치고 싶지 않았다.

바르셀로나에 머무는 동안 사그라다 파밀리아 성당을 세 번이나 다녀갔다. 한국어 오디오가이드 투어로 첫 방문, 그리고 다음 날 여행사에 신청해 둔 종일 일정의 가우디 투어 때가 두 번째 방문이다. 첫 번째와 두 번째는 미리 예약해 두었다. 세 번째 방문은 여행 시작한 지 5주쯤 지나 다시 바르셀로나로 왔을 때다. 매주 일요일 아침 9시에 진행하는 인터내셔널 미사에 참석하느라 방문했다. 어떤 장소가 마음에 깊이 남아 다시 오고 싶으면 또 오는 것, 이게 바로 배낭여행의 참맛 아니겠나.

1882년 가톨릭 신자들의 모금으로 시작된 성당의 설계는 다음해인 1883년 안토니 가우디가 맡게 되었다. 가우디는 처음엔 다른 일과 병행했지만 1914년부터는 오로지 파밀리아 성당 건축에만 집중했다고 한다. 1926년 그가 사망할 때까지 성당의 건축은 계속되었고 현재까지도 진행 중이다.

파밀리아 성당에는 3개의 파사드가 있다. 파사드는 출입구가 있는 정면부를 말한다. 성경 속 예수의 일생을 3개의 파사드로 표현했는데 '탄생의 파사드', '수난의 파사드', '영광의 파사드' 가 그것이다. 각각의 파사드에는 4개의 종탑이 있는데 이렇게 총 12개의 종탑은 예수의 열두 제자를 의미한다.

가우디는 살아생전 탄생의 파사드를 완공했다. 수난의 파사드는 건축가 수비라치에 의해 1976년에 완공되었고 현재 공사 중인 영광의 파사드는 2026년 완공 예정이라고 한다. 가장 먼

사그라다 파밀리아 성당 전경

저 지어진 탄생의 파사드는 색깔부터 다르다. 거뭇거뭇한 것이
세월의 때가 묻어 오래된 티가 난다. 왠지 그 모습이 더 끌린다.

  가이드의 설명에 의하면 오로지 기부금과 관광객들이 내는
성당 입장료로 공사 비용을 충당한다고 한다. 입장료를 내고
들어온 누구나 성당의 건축에 기여하는 것이란다. 그 말을 들

으니 나도 성당 건축에 벽돌 한 장이라도 올리는 것 같아 뿌듯했다.

성당 안으로 들어서자 내부에 따스한 빛이 가득 차 있다. 붉은빛도 초록빛도 파란빛도 모두 은은하며 따스해 보인다. 자연의 숲과 나무, 꽃을 그대로 옮겨온 듯한 기둥과 천장, 조명 장식들이 내가 알고 있는 유럽의 다른 성당들과는 많이 다르다.

너무도 독특하고 특이한 구조와 장식을 보며 가우디의 상상력은 한계가 없는 것 같다는 생각이 들었다. "어떻게 이럴 수가!"라는 말이 절로 나왔다. 그리고 동시에 어쩌면 낯설었을 그의 구상과 설계를 받아들이고 인정한 바르셀로나 시민들도 존경스럽다.

벅찬 마음을 다독이며 조용히 의자에 앉아 가우디를 느끼고 있는데 갑자기 웅성거리는 소리가 들린다. 주변의 몇 사람이 손뼉을 친다. 둘러보니 한 쌍의 커플이 성당 통로에 서 있고 둘 중 하나가 상대에게 청혼을 하고 있다. '아, 성당에서 이런 일도 있구나' 하며 나도 진심을 다해 박수를 보냈다. "그래. 잘 살아라." 조그맣게 소리 내어 말했다. 몇 년 있으면 우리도 결혼한 지 40년이 된다. 그들의 모습을 보니 오래전의 우리 모습이 떠올랐다. 남편과 나는 서로 마주 보며 조용히 웃었다.

곡선의 건축가 가우디의 작품 7개가 유네스코 세계문화유산에 등록되어 있다. 그중 사그라다 파밀리아를 비롯해 카사 바트요, 카사 밀라, 구엘 공원을 둘러보았다. 카사(CASA)는 집이란 뜻이다. 카사 바트요는 바르셀로나 그라시아 거리에서 가장 화려한 집을 원한 건축주 조셉 바트요의 요청에 따라 만들어진 집이다. 외관부터 특이했다. 동화책에서 나올 법한 해골 모양의 발코니, 뼈 모양의 기둥들은 물론, 물결 모양의 벽에는 용의 비늘 모양이 가득 붙어 있어 너무도 특이했다.

집 안으로 들어서니 모두가 곡선이다. 응접실의 의자도 벽난로도 창문도 그리고 창문의 손잡이도 모두 부드러운 곡선이다. 층층이 바다 생물을 형상화해 천장과 바닥, 벽을 장식했는데 파아란 색깔의 스테인드글라스와 함께 바닷속을 그대로 옮겨 놓은 듯하다.

가뜩이나 파란색을 좋아하는 나는 홀딱 빠져 이리저리 둘러보느라 일일투어 가이드를 놓치고 말았다. 아래층으로 위층으로 찾아다녔지만 일행은 물론 남편도 보이지 않았다. 결국은 전화를 해서 한참만에 찾았다. 그들도 나를 찾았다고 한다. 다른 참가자들에게 폐를 끼친 것 같아 미안하고 부끄러웠다.

람블라 거리를 걷다가 골목으로 들어서니 야자수로 둘러싸인 작은 광장이 나왔다. 레이알 광장이다. 이상하게도 이 광장은 처음 들어설 때부터 마음이 끌렸다. 자꾸 가고 싶어 후에 두

카사 바트요 전경

어 번 더 갔다. 레이알 광장 가운데는 커다란 분수대가 있다. 걷다 지친 몸을 잠시 기대고 쉴 수 있었다. 그저 주변의 지나는 사람들을 둘러보는 것만으로도 쉼이 되었다.

서너 살 된 아기가 해맑게 웃으며 아빠로 보이는 사람과 축

은퇴 부부의 42일 자유여행

구를 한다. 바르셀로나 사람들답게 아기는 FC 바르셀로나 유니폼을 입고 아장아장 걸으며 이리저리 공을 찬다. 그 모습이 너무도 귀여워 눈을 뗄 수 없었다. 계속 절로 웃음이 나왔다.

공을 차는 아기 옆에 특이한 모양의 가로등이 보인다. 젊은 시절의 가우디가 설계한 작품이다. 위대한 건축가의 작품이라 해도 바르셀로나 시민들은 그 작품과 거리를 두지 않는다. 한 아이가 가로등 중간쯤 올라가 장난을 친다. 예술가의 작품과 일상이 이렇게 만나는구나 싶다. 너무도 보기 좋았다.

말년의 가우디는 사그라다 파밀리아 성당 건축에 몰두하느라 집에도 가지 않고 건축 현장 한편에서 잠을 잤다. 옷차림도 신경 쓸 틈이 없어 누추한 모습으로 다녔다. 그러다가 어느 날 갑작스런 사고를 당했다. 늘 가던 대로 산 펠립 네리 성당으로

레이알 광장에서 FC 바르셀로나 유니폼을 입고 축구를 하는 어린이

가우디 가로등

가던 중 전차에 치였다. 안타깝게도 이 사고로 가우디는 목숨을 잃었다.

처음 사고를 당했을 때 누추한 옷차림으로 인해 그가 가우디임을 아무도 알지 못했다. 성당 건축에 빠져 외부로 얼굴을 비칠 일이 없었기에 사람들은 그의 얼굴을 몰랐다고 한다. 교통사고를 당하고 노숙인으로 취급된 채, 허름한 병원에서 아무도 알지 못한 상태로 죽음을 맞이했다. 74세의 나이로 어이없게 세상과 이별한 가우디. 말년의 가우디 생활과 그의 죽음을 둘러싼 이야기를 들으며 마음이 저릿저릿 아팠다.

가우디의 죽음을 며칠 지나서야 알게 된 바르셀로나 시민들은 그를 예우하며 성대한 장례식을 치렀다. 그의 유해는 현재 파밀리아 성당 지하에 안치되어 있다. 사그라다 파밀리아 성당은 가우디 사후 100년을 기념해 2026년 완공을 목표로 공사를 하고 있다. 자신이 건축을 시작한 성당에 누워 지금까지의 이 모든 과정을 지켜보고 있을 가우디, 뿌듯해할 것 같다.

파밀리아 성당 영광의 파사드 입구 쪽에는 현재 현수막들이 내걸려 있다. 입구로 진입하는 도로를 내야 하는데 인근의 주거지와 상가들의 철거를 둘러싼 이슈다. 해당 주민들은 현수막을 내걸고 반대하고 있다.

영광의 파사드를 완성하는 데 주민들의 주거 시설을 반드시 철거해야만 할까? 우회하거나 기존의 길을 이용하는 방법은 없을지, 주민들의 생존권도 영광의 파사드 못지않게 중요한 건 아닐지 머릿속이 복잡하다. 성당 지하에 누워 있는 가우디는 어떻게 생각할까?

스페인 최고의 휴양지
산세바스티안

산세바스티안 대성당 근처에서 타파스를 즐기며 담소하는 시민들

은퇴 부부의 42일 자유여행

바르셀로나에서 출발해 부엘링 항공의 비행기를 타고 산세바스티안 이룬 공항에 도착했다. 1시간 정도 걸렸다. 가는 도중 비행기에서 아래를 내려다보는데 저 아래 오른쪽으로 눈 덮인 피레네 산맥이 보인다. 피레네 산맥 너머로는 프랑스다. 역사책과 지리부도에서 보던 피레네 산맥이라니 놀랍고 신기하고 감격스러웠다.

착륙을 위해 지면으로 점점 내려가는데 아름다운 해안이 눈에 들어온다. 비스케이만이다. 그 지형과 풍광이 너무도 아름답다. 산세바스티안이 최고의 휴양지이자 관광지라는 말이 이래서 나오는구나 싶었다.

산세바스티안은 아직은 한국 사람들이 많이 가지 않는 곳이다. 스페인이 워낙 넓어 북쪽 지방까지 가려면 동선이 복잡해진다. 우리도 처음엔 갈까 말까 망설였다. 그러다가 몇 년 전 산세바스티안을 다녀온 적 있는 큰아이의 적극 권유로 이곳을 여행의 한 꼭지로 넣게 되었다. 큰 기대 없었는데 웬걸, 어째 이제야 알았나 싶을 정도로 산세바스티안은 정말 멋진 곳이었다.

이룬 공항에 도착해 숙소까지 공항버스를 탔다. 여느 공항버스와는 달리 시내버스처럼 정류장 곳곳에 서면서 승객들이 만원인 채로 운행한다. 하교하는 학생들이 가득 타서 재잘재잘 떠드는데 무슨 말인지는 모르지만 모두 귀엽고 괜히 재밌다.

버스에서 내리니 강변이다. 5분 정도 걸어 숙소인 호텔에 도착했는데 숙소 이름이 '시네마 7'이다. 로비에 들어선 후에야 숙소 이름에 대한 의문이 풀렸다. 로비, 복도, 엘리베이터, 객실 곳곳에 유명 영화배우들 사진이 크게 걸려 있다.

산세바스티안 영화제가 있다는 것은 도착해서야 알았다. 2023년 현재 71회를 맞은 산세바스티안 국제영화제는 스페인 어권에서는 가장 오래되고 영향력 있는 영화제라고 한다. 한국 영화 몇 편이 수상을 하기도 했는데 그중 내가 본 영화는 봉준호 감독의 〈살인의 추억〉과 김미조 감독의 〈갈매기〉다.

우리가 머물 방은 9층이다. 방문을 열고 들어가 보니 방의 주인공은 영화 〈아메리칸 뷰티〉의 주인공 아네타 베닝이다. 거실 정면에 걸려 있는 커다란 사진 속의 아네타 베닝과 눈을 맞추며 인사했다. 붉은 꽃 가득한 곳에 누워 있던 아네타 베닝이 떠올랐고, 소리 내어 말했다. 우리 잘 지내 보아요.

짐을 풀고 테라스로 나가 안락의자에 앉았다. 카페 솔로(에스프레소)를 한 잔 마시며 잠시 쉬는데 하늘이 구름 한 점 없이 맑고 청명하다. 기가 막힌 쉼의 시간이다. 진한 커피 향이 코를 간질인다. 이제 여행 온 지 며칠 되었다고 커피는 마셨다 하면 에스프레소다.

숙소를 나서자마자 바로 앞에 버스정류장이 있다. 버스를 타고 잠시 후에 구시가지에서 내렸다. 구시가지를 걸으며 둘러보는데 깜짝 놀랐다. 소도시인 줄만 알았는데 거리에 사람들이 가득했다. 사람들이 많았지만 도로는 깔끔하고 작은 골목들도 모두 정갈했다. 사람들이 가득한데도 정신없는 느낌보다는 흥겹고 정겹다는 느낌이 들었다. 난 평소에는 사람들 가득한 곳을 피곤해했는데도 말이다.

해지는 강변은 붉게 물들어 가고 있다. 사람들은 광장에서 혹은 골목에서 삼삼오오 서서 이야기를 나눈다. 거리의 돌계단에 앉아 근처 가게에서 주문해 온 핀초스를 맥주나 와인을 곁들여 먹는다. 핀초스는 주로 바스크 지방 사람들이 먹는 음식이다. 타파스처럼 바게트 위에 각종 재료를 얹어 먹는 것은 같지만 꼬치를 꽂아 먹는다는 점이 다르다.

남편은 핀초스 가게를 계속 돌아다니며 하나하나 골라 먹는 것을 좋아했다. 가뜩이나 호기심 많은 사람이 온갖 다양한 종류의 식재료로 만든 핀초스가 얼마나 좋았겠는가. 번역 앱을 켜고 재료를 확인해 가며 이것저것 선택하는 것 자체를 즐겼다. 마치 어린아이처럼 신나 했다. 번역기가 사고를 일으켜 간혹 엉뚱한 요리가 나오기도 했다. 그렇게 종종 실패도 했다. 머리는 허옇게 한 채 나이 든 사람이 이상한 맛이라고 인상을 잔뜩 쓰며 먹는다. 그 모습을 보니 웃기기도 했고 한편으로는 고소하기도 했다. 그러게 왜 나처럼 아는 재료로 만든 음식을 고르지 그랬어. 말 안 듣더니 쌤통이다. 대놓고 말했다. 그래도 이후로 남편은 변함이 없다.

저녁을 먹으러 식당으로 갔다. 미리 예약해 둔 미슐랭 원스타 식당이다. 한국에서도 미슐랭은 한 번도 가보지 못했는데 미식의 도시 산세바스티안에서는 한번 가보고 싶었다. 조용한 골목 안에 있는 식당은 창문으로 따스한 조명이 빛나고 있었다.

안내에 따라 예약되어 있는 자리에 앉았다. 둘러보니 빈자리는 없다. 간단한 설명에 이어 드디어 코스 요리가 차례로 나온다. 음식이 나올 때마다 우리 테이블을 담당하는 스태프가 매번 음식에 대해 설명한다. 무슨 재료인지, 어떻게 만드는지를 말하는데 우리는 단어 몇 개로 대강 알아들었다. 사전에 예약하며 코스에 나오는 요리를 검색했는데 한 가지 걸리는 건 비둘기 요리였다. 어떤 식당에서는 비둘기 형태 그대로 요리되어 나온다고 했다.

나는 고기를 먹지 않을 뿐더러 비둘기 형태의 요리 그 자체를 보는 것도 어려워하는 사람이다. 식당에 도착하자마자 연습해 둔 영어로 비둘기가 통째로 나오는지 확인했다. 다행히 통째로 나오는 건 아니란다. 내 메인 요리는 비둘기 대신 해산물로 달라고 주문했다. 그런데 무언가 착오가 있었는지 비둘기 요리가

미슐랭 식당의 요리
오징어를 얇게 썰어 마치 국수처럼 보인다

나오고 말았다. 나는 짧은 영어로 페스코 단계의 채식주의자라고 말하며 음식을 바꿔 달라고 요청했다. 담당 스태프가 미안하다며 버섯 요리를 가져다주었다. 남편은 비둘기 요리를 먹었다.

미슐랭의 요리는 하나하나가 예술이었다. 모양도 색감도 맛도 훌륭했다. 모든 음식을 천천히 음미하며 먹었다. 무려 2시간 반에 걸쳐 음식이 나왔고 8시 반에 시작한 식사는 디저트까지 먹고 나니 밤 11시가 되었다. 서양 사람들은 저녁을 2시간에 걸쳐 먹는다더니 정말 그랬다. 언제 또 이래 보겠나 싶으면서 뿌듯했다. 배도 불렀지만 마음의 포만감이 더 큰 것 같았다.

다음 날 아침, 숙소를 나와 대서양을 바라보며 라 콘차 해변

라 콘차 해변에서 모래 위에 그림을 그리는 샌드 아트 예술가

을 천천히 걸었다. 해변에는 마임 같은 퍼포먼스를 하는 사람들과 다양한 악기로 버스킹을 하는 사람들이 많다. 다양한 버스킹을 보며 가다 서다를 반복했다. 조금 더 걷다 보니 어떤 사람이 모래사장 한가운데서 막대기를 들고 서 있었다. 모래사장에 그림을 새겨 넣으려는 모양이었다.

바람이 시원해 걷기에 좋았고 한참을 더 걷다가 카페에 들어가 잠시 쉬었다. 두어 시간 지나 되돌아오는데 아까 본 모래사장이 완전히 달라져 있다. 막대기로 그리기 시작한 모래 위 그림은 거대하고도 아름다운 도형으로 완성되어 있었다. 두어 시간 만에 모래사장에 이런 그림이 그려질 수 있다니 무척이나 놀라웠다. 자연을 해치지 않고 있는 그대로의 모래를 이용해 멋진 예술작품을 만들어 낸 것이다. 퍼포머이자 아티스트인 그 청년이 다시 보였다. 그의 작품 아랫부분에는 지나는 사람들이 동전을 던져줄 수 있도록 커다란 흰색 천이 펼쳐져 있었다. 그 넓은 모래사장에 한 줄 한 줄 그림을 그린 예술가를 열렬히 응원하는 마음으로 나도 동전을 던져주었다.

해변으로 내려가 걷다 보니 바닷물에 발이라도 담가보고 싶었다. 하고 싶으면 해야지. 신발을 벗어 양손에 들고 모래 위로 걷다가 바닷물로도 들어가 보았다. 모래도 무릎까지 올라오는 바닷물도 한없이 부드러웠다. 저만치 떨어져 있던 기다란 막대기 하나를 주웠다. 모래 위에 장난을 치고 싶어 남편 이름의 이니셜을 그렸다. 그랬더니 남편도 나를 따라 내 이름의 이니셜을 그린다. 평소 같으면 있을 수 없는 닭살 행각이다. 그러나 여기 산세바스티안 해변에는 아는 사람이 아무도 없으니 닭살 행각 좀 벌이면 또 어떤가.

산세바스티안이란 지명은 병자들의 수호성인 이름에서 따왔다고 한다. 바스크 지방에 해당하는 산세바스티안은 바스크어로 '도노스티아(Donostia)'라고 부른다. 공식적으로 도노스티아-산세바스티안으로 명명한다. 모든 관광 안내 책자에도 그리 표기되어 있다.

바스크 지방은 전통적으로 스페인과는 인종도 다르고 언어도 다르다. 별도의 자치권도 가지고 있었기에 예로부터 스페인

리콘차 해변에서

중앙정부와는 갈등 관계였다. 스페인 내전 당시 프랑코 독재정권에 저항하며 싸우다 많은 사람이 목숨을 잃었고 도시 곳곳이 파괴되었다. 1936년부터 1939년까지 스페인 내전 끝에 승리를 차지한 프랑코 독재정권은 1975년 그가 사망할 때까지 바스크 시민들을 무차별 탄압했다. 프랑코와 맞서 싸운 수많은 사람이 처형당하고 고초를 겪었다. 바스크어도 사용하지 못하게 했다.

반대로 투우와 플라멩코는 '스페인다운 것'으로 여기며 적극 권장했다고 한다. 민주화되면서 바스크 지방에 자치권이 허용되긴 했지만 현재 이 지역은 자치를 넘어 분리독립을 원하는 사람들이 많다. 거리 곳곳에 그 염원을 담은 바스크 국기가 나부끼고 있다. 프랑코에 맞서 싸우다 처형당한 사람들을 기리는 기념비 앞에 섰다. 총탄 자국이 그대로 남아 있다. 희생당한 그들의 영혼을 떠올리며 잠시 기도했다.

아름다운 자연풍광을 갖춘 미식의 도시이자 휴양의 도시 산세바스티안. 나는 이곳을 너무도 사랑하게 되었다. 42일간의 여행을 되돌아보면 나는 이곳이 가장 좋다. 기회만 있으면 또 가고 싶고 더 오래 머물고 싶다. 아쉽지만 이제 산세바스티안을 뒤로하고 빌바오로 간다.

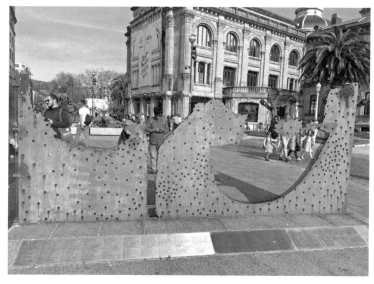

프랑코 독재정권하에 처형당한 이들을 기리는 저항의 기념비
바닥의 스테인리스 판에 이름들이 새겨져 있다

시민의 삶을 빛나게 하는
빌바오의 도시 재생

네르비온 강의 주비주리 다리

스페인 산세바스티안에서 빌바오까지는 버스로 이동하기로 했다. 터미널에 도착해 예약해 둔 오후 3시 출발 버스를 기다렸다. 터미널은 잘 정비되어 있고 여러 도시로 출발하는 버스들이 즐비하게 늘어서 있다. 터미널에 설치된 전광판에 출발하는 버스에 대한 안내 문구가 차례차례 뜬다. 그런데 이상하게도 빌바오 가는 버스 안내는 보이지 않는다. 잘못 왔나 싶어 부스에 가서 직원에게 빌바오행 버스가 여기에서 출발하는지 물었다. 맞다고 한다. 좀 더 기다려보기로 했다. 하지만 3시가 임박했는데도 감감무소식이다.

내가 잘못 알아들었나, 터미널을 잘못 찾아온 건가, 불안하고 초조해지기 시작했다. 안내 부스로 쪼르르 쫓아가 또 물었다. 여전히 여기서 출발하는 게 맞단다. 급기야 출발 시간인 3시가 되었다. 그제야 빌바오행 버스가 지연된다는 안내가 나왔고 버스는 결국 3시 20분쯤 도착했다. 한국의 고속버스는 항상 정시에 출발하기에 나는 이 상황이 황당했다. 그러나 나를 제외한 그 누구도 당황하는 기색 없이 그러려니 하는 것 같았다. 나도 평소라면 그 정도 마음의 여유는 있는 사람이라 생각했는데 그때는 아니었다. 낯선 땅에서 서툰 외국어로 소통해야 하는 상황이 사람을 초조하게 만들었던 것 같다. 영어를 능숙하게 할 수 있다면 얼마나 좋을까 또 생각했다.

빌바오는 오로지 구겐하임 미술관을 보려고 계획한 일정이다. 그러나 빌바오, 구겐하임이 전부가 아니었다. 이름만 들어본 도시 빌바오는 내가 상상도 하지 못한 놀라운 공간과 아름다운 디자인이 가득한 도시였다.

빌바오 터미널에 도착해 숙소까지 시내버스를 탔다. 이곳의 모든 버스는 저상버스였는데 버스 안의 풍경이 신기했다. 바닥에 휠체어는 물론이고 유아차가 안전하게 자리할 수 있도록 픽토그램으로 위치 표시가 되어 있다. 이런 광경은 처음이다. 이걸 보면 유아차를 미는 누구나 버스를 쉽게 이용할 수 있을 것 같다. 무엇보다 버스 내부 바닥에 유아차 자리라고 표시되어 있는 것 자체가 유아와 양육자가 누려야 할 권리임을 드러내는 것 아닌가. 대단히 놀랍고도 감동적이었다.

한국은 어떤가. 내가 우리 아이들을 키울 때 대중교통을 이용하려면 유모차(그 당시에는 유아차 대신 유모차라고 불렀다)에 타고 있던 작은애는 큰애가 안고, 나는 옆에서 유모차를 얼른 접어서 버스를 타곤 했다. 엘리베이터가 없는 전철에서는 계단 앞에 멈춰 서서 유모차 손잡이와 앞부분 팔걸이 양쪽을 잡고 힘겹게 오르내렸다. 빌바오의 시내버스를 타보니 유아차도 휠체어도 모두 마땅히 보장받아야 할 권리로 인정한다는 생각이 들었다. 한국도 조금씩 달라지고는 있지만 아직 갈 길이 멀다.

구겐하임 미술관은 네르비온 강변에 있다. 프랭크 게리가 설계한 구겐하임 미술관이 빌바오에만 있는 건 아니다. 베네치아와 베를린 그리고 뉴욕에도 있다. 철강산업의 강자였던 빌바오는 철강산업의 주 무대가 한국으로 이동하자 쇠락을 길을 걷고 있었다. 망해가는 조선소와 폐자재로 가득했던 빌바오는 구겐하임 미술관을 유치한 덕분에 전 세계로부터 주목받는 새로운 도시로 거듭나게 되었다.

얇은 티타늄으로 덮인 미술관 외관은 곡선의 각도에 따라 모습이 달리 보인다. 곡선이라 그런지 움직임에 따라 빛이 흐르는 듯한 느낌이다. 미술관 안으로 들어서자 숨이 턱 막혔다. 처음 만난 전시물은 거대한 철제 구조물이었다. 관람객들은 둥글게 휘어 있는 구조물의 벽체를 따라 걷게 되어 있다. 한참을 걸어 돌다 보면 어느새 막힌 곳이 나오고 그러면 다시 되돌아 나오길 반복한다. 돌아 나오는 공간이 좁기에 마주쳐 오는 사람들과 절로 눈인사를 나누게 된다. 사람이 전시물을 관람하는 것이 아니라 그저 전시물의 한 부분 같았다. 낯설고 신기한 경험이었다. 2층으로 올라가 아래를 내려다보니 그야말로 사람은 거대한 철제 구조물의 움직이는 하나의 작은 조각으로 보였다.

여러 전시 중에 쿠사마 야요이 작품의 전시 공간도 있다. 제주 본태박물관에서 본 적이 있어 괜히 반가웠다. 사람들이 길

구겐하임 미술관 2층에서 내려다 본 전시물

게 줄을 서 있는 것을 보아 쿠사마 야요이의 인기를 실감할 수 있었다. 화려한 원색의 색감이 물방울무늬와 함께 여전히 뇌를 자극하고 흥분을 고조시킨다.

밖으로 나오니 놀랍게도 루이즈 부르주아의 작품 〈마망 (Maman)〉이 있다. 〈마망〉은 거미 형상의 조각품으로 프랑스어로 '엄마'라는 뜻이다. 10여 년 전 캐나다 오타와 국립미술관에 갔을 때 〈마망〉을 만났는데 여기에서 또 만나니 반가웠다.

나중에 알고 보니 〈마망〉은 세계 여러 곳에 있고 현재 한국의 리움미술관에도 있다고 한다.

구겐하임 미술관을 나와 네르비온 강가를 따라 걸었다. 걷다 보니 도로가 무언가 색다르다. 가만히 살펴보니 맨 오른쪽 길은 자동차가 다니는 2차선 도로다. 그 왼쪽 길은 자전거 도로이고 그 다음 길은 초록색 잔디가 깔려 있는 길이다. 잔디 위 선로에는 트램이 다닌다. 그리고 그 옆으로 내가 걷고 있는 보도가 있다.

보도의 넓이는 자동차 길의 두 배 이상이다. 자동차 도로, 자전거 도로, 트램 도로보다 사람이 걸어 다니는 길이 가장 넓다. 보도에는 길게 벤치들이 늘어서 있어 길을 걷는 누구나 강을 보며 앉아서 쉴 수 있다. 중간중간 조각품도 전시되어 있어 보는 재미도 있다. 이런 길이라면 누구라도 걷고 싶을 것 같다. 도시 재생 후 달라진 도로의 모습이란다. 허울뿐인 탄소중립이 아니라면, 자동차 길보다는 사람이 걷는 길에 더 투자해야 하지 않겠나.

청명한 하늘을 그대로 비추는 네르비온 강에는 다리가 여러 개 놓여 있다. 그중 아름답기로 유명한 주비주리 다리에 가보았다. 꽤 많은 사람들이 다리 위에서 사진을 찍고 있다. 원래 다리의 바닥은 유리로 되어 있었다는데 그러다 보니 사람들이 하

빌바오 시내의 도로
사람이 다니는 길이 가장 넓다

도 미끄러져 고무 재질의 까만 매트를 깔았다고 한다.

아름다운 주비주리 다리를 건너는데 놀랍게도 바닥에서 까만 고무 조각들이 떨어져 나가고 있다. 바닥 곳곳에 까만 조각들이 널려 있고 심지어 강으로 계속 떨어지고 있다. 이러면 강물이 오염되는 것 아닌가 몹시 걱정스러웠다. 쇠락해 가던 빌바오는 민관 협력을 통해 도시 재생에 성공한 사례라 알려져 있는데, 이러한 모습은 너무도 실망스럽고 안타까웠다. 한국 같으면 '프로 민원러'로서 당장 바로잡으라고 외치며 실행에 옮겼겠지만 참자, 여긴 빌바오다. 하긴 빌바오 시민 누구라도 분명 문제 제기했을 것 같다.

많은 이들에게 익숙한 구겐하임 미술관 외에 내가 가장 인상 깊게 본 곳은 아주쿠나 센트로아였다. 이곳은 원래 와인 창고

은퇴 부부의 42일 자유여행

였는데 도시 재생 사업으로 리모델링한 이후 복합문화공간으로 재탄생한 곳이다.

입구로 들어서자마자 입이 딱 벌어졌다. 수많은 기둥들 중 한 곳에 커다랗고 붉은 조명이 매달려 있었다. 컴컴한 공간에서 그 불빛은 거대한 무게로 내게 다가왔다. 가까이 가보니 그 불빛은 스크린에 떠 있었고 안내판을 보니 '인공 태양'이라고 적혀 있었다. 색깔이 계속 변하며 일렁이는데 진짜 태양처럼 느껴졌다. 문득 어릴 때 읽은 전래동화 『불을 삼킨 개』가 떠올랐다. 그러고는 진짜로 뜨거운 태양처럼 보이고 그 뜨거운 열기가 내 몸은 물론 주변까지 전해지는 것 같았다. 실체가 아닌데 실체처럼 느껴진 경험, 충격이었다.

공간 곳곳에 다채로운 조명과 의자들이 놓여 있다. 어떤 공간에는 젊은 청년들이 둘러앉아 이야기를 나누고 있고 또 다른 공간에서는 어린아이들이 바닥에 뒹굴며 놀고 있다. 이런 공간을 자주 접하며 살아가는 청년들은 사고의 범주가 넓어지고 자유로워질 것 같다. 이런 공간을 자주 접하며 자라는 어린이들도 보다 창의적이고 심미안도 수직 상승할 것 같다.

2층으로 올라가 보았다. 드넓은 도서관이다. 1층에서 본 커다란 유리창이 도서관 공간의 창문이었고 창 앞에 놓인 안락의자에서 사람들이 책을 읽고 있다. 1층에서 봤을 때 의자에 앉은 마네킹처럼 보였는데 책 읽는 사람이었다. 내가 익히 알고 있는 천편일률적인 도서관이 아니라 다양한 모양의 의자와 색다른 배치의 공간이었다. 도서관 공간 자체가 예술작품 같다.

조금 더 가보니 어린이 도서관이다. 입구의 한 공간에 유아차들이 나란히 세워져 있다. 마치 자동차가 주차된 것 같이 유아차가 그렇게 있다. 유아차를 탄 어린이도 그 양육자도 편안하게 도서관을 이용하는 것 같다. 평범한 공간에 디자인이 입혀지면 일상이 예술로 바뀌는구나 하는 생각이 들었다. 인권친화적 디자인이 삶의 질을 높인다.

네르비온 강변의 건물들, 전통시장, 전철역, 지방정부 청사들이 리모델링을 통해 시민들의 사랑을 듬뿍 받는 공간으로 변했다. 걷다 보니 해설사의 안내로 공간의 변화에 대한 설명을 듣는 팀들이 곳곳에 보였다. 스페인 북부의 회색 공업 도시로만 알았던 빌바오. 사흘간 머물면서 구겐하임 미술관 외에도 빌바오 미술관을 비롯해 다채로운 색깔의 수많은 공간이 존재하고 있음을 알게 되었다. 제대로 된 도시 재생 사업은 시민의 삶을 바꾼다.

낯선 땅에서
여유 따위는 필요 없어

예상과 달리 별 탈 없이 다니던 배낭여행 일정이 드디어 그야말로 '삑사리'가 났다. 오늘은 빌바오에서 마드리드로 이동하는 날이다. 날씨가 추워져서 숙소 근처 쇼핑몰에서 남편의 점퍼를 하나 사고 버스로 터미널까지 이동할 계획이었다. 이제 대중교통도 조금 익숙해져서 출발 시간 30분을 남겨두고 짐을 챙겨 나섰다. 구글 지도로 검색하니 버스 이동 시간은 10분이었다. 숙소 바로 앞이 정류장이라 시간은 충분했다. 버스를 탔다. 다섯 번째 정류장에서 내리면 되는 거였다. 네 번째 정류장인 아우토노미아역을 지나 다음 정류장에 내렸다.

그런데 내려서 정류장 이름을 확인하니 또 아우토노미아역이

마요르 광장

었다. 무슨 조화인지 지금도 알 수가 없다. 목적지인 터미널까지는 한 정거장, 검색하니 도보로 9분이 걸린다고 안내한다. 나는 몇 달 전에 발목이 부러져 아직 오래 걷는 게 어렵다. 남편은 그 자리에서 기다렸다가 다음 버스를 타자고 한다. 그러기로 했다.

　구글 지도와 버스정류장 전자안내판을 확인하니 터미널로 가는 버스가 곧 온다고 알려준다. 그런데 이상하다. 금세 온다는 버스가 한참을 지나도 오지 않는다. 아니, 오히려 도착 시간이 점점 늘어나고 있다. 여유 있던 시간은 점차 줄어들고 마음은 조급해졌다. 하다못해 택시도 보이지 않는다. 마드리드행 고속버스는 3시 출발인데 급기야 10분밖에 남지 않았다.

계속 기다리는 남편에게 "더 이상은 안 된다. 이젠 빨리 뛰는 수밖에 없다"라고 강권했다. 어쩔 수 없다. 그래, 뛰자고 결정하고 곧바로 뛰기 시작했다. 캐리어를 끌고 지도를 보면서 뛰는데 숨이 턱에 차오른다. 아픈 다리고 뭐고 상관없이 무조건 뛰었다.

뛰다 보니 나는 열심히 뛰는 것 같은데 이상하게도 진도가 나가지 않고 걸음이 안 걸린다. 저만치 가던 남편이 되돌아와서 내 캐리어까지 끌고 뛰기 시작했다. 드디어 저 앞에 주황색 건물의 빌바오 버스터미널이 보인다. 지금처럼 뛰면 탈 수 있겠다 싶어 죽자사자 내리뛰었다.

터미널에 들어서자 아래층으로 즐비하게 늘어서 있는 버스들이 보인다. 에스컬레이터가 보여 급히 타고 내려갔는데 한 개 층을 더 내려가야 버스를 탈 수 있는 거였다. 그런데 다음 층을 내려가는 에스컬레이터가 보이지 않는다. 이리 뛰고 저리 뛰어도 보이지 않는다. 저만치 한국의 지하철 개찰구 같은 곳에 사람들이 카드를 대고 들어간다. 여기는 아니지 싶으면서도 혹시나 하며 휴대전화에 저장해 둔 마드리드행 티켓에 새겨져 있는 큐알 코드를 대보았다. 역시나 소용이 없었다.

반대편 터미널 사무실로 뛰어갔다. 직원에게 도움을 청하려고 하는데 서로 이야기를 나누던 직원 둘은 자기들끼리의 얘기가 끝난 후에야 우리를 쳐다본다. 다급한 제스처로 휴대전화에 저장된 티켓을 보여 주었더니 그는 매우 천천히, 마음 급한 내 눈으로 보기엔 거의 슬로비디오급으로 천천히 여유 있게 이리 오라며 안내한다. 아까 본 지하철 개찰구의 한 칸에 본인의 카드를 대어 주니 문이 열린다. "그라시아스!"를 연발하며 마구 뛰었다.

뛰면서 곁눈으로 확인하니 마드리드행 알사 버스 승강장은 20번이고 에스컬레이터를 내려가며 시계를 보니 3시 정각이었다. 불과 30미터 앞에 출발하려는 버스가 보였다. 젖 먹던 힘까지 다해 뛰었다. 버스 기사가 출발하기 직전, 헐떡거리는 우리를 보았고 출발을 멈췄다. 우리가 도착하는 걸 기다려주고 티켓을 확인하고는 연신 "릴랙스, 릴랙스" 하며 우리를 안심시켰다.

짐칸에 캐리어를 싣고 드디어 버스에 올랐다. 우리가 앉자마자 버스는 출발했고 이미 3시는 조금 넘은 시간이었다. 자리에 앉고 보니 안도감이 밀려오며 맥이 탁 풀렸다. 비 오듯 흐르는 땀을 식히며 한숨 돌렸다. 기다려 준 알사 버스기사님이 너무도 고마웠다. 우리는 헐떡이며 서로를 보았다. 그러고는 말했다.

"우리 다시는 이따위 여유 부리지 말자."

낯선 여행지에서 길 좀 알게 되었다고 시간에 딱 맞춰 출발하다니. '배낭여행 9일 만에 교만이 하늘을 찔렀네'를 되뇌며 반성했다. 기진맥진한 상태로 의자에 널브러진 채 눈을 들어 창밖을 보니 초록의 평원이 드넓게 펼쳐져 있다. 평원 사이로 버스가 평화롭게 달린다. 조금 전까지의 엉망진창 스케줄과 초긴장은 어디로 갔는지 차창 밖은 너무도 평온하다.

드디어 마드리드에 도착했다. 퇴근 시간과 겹쳤는지 도로는 차들로 꽉 막혀 있다. 다행히 빈 택시를 발견해 택시를 타고 숙소로 갔다. 부랴부랴 짐을 풀고 허기진 배를 채우러 나섰다. 몸도 마음도 만신창이가 된 오늘 같은 날은 무조건 한식을 먹어줘야 한다. 지도를 검색해 근처의 한식당을 찾아갔다. 순두부찌개, 짬뽕, 해물전, 달걀말이와 소주 한 병을 주문했다. 하나하나 모든 게 꿀맛이었다. 과하다 싶을 정도로 양이 많았지만 남편과 나는 모든 접시를 깨끗이 비웠다. 아, 진짜 한식은 위로다.

마드리드에 5일간 머무를 예정이라 여기서 밀린 빨래를 해야 한다. 다음 날 아침 검색해 근처 빨래방을 찾아갔다. 꽤 규모가 큰 빨래방에서 중년의 남성이 열심히 다림질을 하고 있었다. 빨래만 할지, 건조까지 할지, 다림질도 맡길지에 따라 이용 금액이 다르다. 우리는 세탁과 건조까지만 하기로 했다. 커다란 세탁기에 빨래를 넣고 건조까지 1시간 정도 걸린다.

그동안 동네를 구경하기로 하고 골목 이곳저곳을 누볐다. 한 골목에 들어서니 플리마켓이 열리고 있었다. 점포들이 저 길 끝까지 길게 늘어서 있었다. 광장이 아닌 골목길에 꽤 큰 규모의 플리마켓이 열린다는 것이 놀라웠다. 숙소 인근 골목 곳곳에는 달콤하고 향긋한 냄새를 풍기는 빵집과 카페들이 많다. 아침 일찍부터 문을 열어두는데 이른 아침부터 사람들이 가득하다.

천천히 돌다가 유독 눈에 들어오는 카페로 들어갔다. 코르타도와 시나몬 빵을 주문했다. 코르타도는 에스프레소에 우유를 넣은 커피다. 카페 솔로보다 부드러웠다. 시나몬 향 가득한 빵을 먹는데 절로 미소가 지어졌다. 이른 아침 마드리드 골목 카페에서 부부가 둘이 마주보고 앉아 빵과 커피로 아침을 먹는다는 게 자꾸만 신기하다.

마드리드에서 내가 즐겨 먹은 음식은 바게트 칼라마리다. 바게트를 반으로 갈라 가운데 오징어 튀김을 넣은 것인데 맥주와 함께 먹으면 환상의 궁합이다. 오징어가 한국의 오징어와는 달리 식감이 엄청 부드러웠다.

스페인의 수도 마드리드에는 큰 규모의 광장이 여럿이다. 유명한 마요르 광장은 이름답게 사람들이 가득하다. 광장에는 버스킹을 하는 사람도 많고 다양한 모습으로 분장한 사람도 많다. 백설공주, 미키마우스 같은 분장을 한 사람들은 아이들에게 인기가 많다. 아이들은 이들을 보고 환하게 웃으며 쫓아다니곤 한다. 분장을 한 사람들은 돈을 받고 사진을 찍어주기도 한다. 광장을 오가는 두 명의 경찰을 보았다. 이들은 말을 타고 다닌다. 정복을 입은 경찰이 뚜벅뚜벅 말을 타고 다니는 모습도 신기했다.

  뜨거운 햇빛이 내리쬐는 광장의 중앙과는 달리 사방을 둘러싼 회랑은 그늘져 있다. 그늘 아래의 회랑에서는 장이 펼쳐져 있다. 쿠키나 빵, 초콜릿 등 먹을거리 코너도 있고 장신구나 인테리어 소품을 파는 코너도 있다. 그중 내 눈을 사로잡은 건 동전을 파는 곳이다. 나이 지긋한 할아버지들이 옛날 동전을 팔고 있다. 주름 가득한 손으로 동전을 이리저리 정리해가며 구매할 사람을 기다린다. 다행히 젊은 청년 몇몇이 관심을 보이며 흥정한다. 그 모습을 보니 왠지 흐뭇하고 정겹다.

  얼핏 보면 사방이 막힌 듯 보이지만 사실 마요르 광장 곳곳에는 외부로 출입하는 문이 있다. 밖으로 향하는 작은 문으로 나와 솔 광장으로 향해 걸었다. 저 멀리 거리에서 음악 소리가 들리기 시작한다. 사람들이 길에 서서 뭔가를 기다리고 있다. 음악이 가까이 들려오고 드디어 그 소리의 주인공이 나타났는데 바로 관현악단이다. 그들은 합주를 하며 걸어오고 있다. 한 팀이 아니다. 상당히 많은 수의 팀이 차례대로 행진하며 연주한

마드리드 시내에서 행진하며 연주하는 관현악단

다. 각 팀의 구성원은 성별은 물론 젊은 청년부터 나이 든 노인까지 다양하다. 우리도 연주단을 따라서 길을 걸었다. 걷다 보니 중간중간 작은 광장이 있고 그곳에선 민속 의상을 입은 사람들이 노래하며 춤을 춘다. 공연을 마치면 원하는 시민들과 기념사진도 찍어준다. 조금 망설이다가 나도 사진 한 장 같이 찍자고 청했다. "우리 나이엔 후회하지 말고 하고 싶은 거 있으면 그냥 해 봐야 한대." 불현듯 친구의 말이 떠올랐고 나는 용수철처럼 튀어나가 그들과 기념사진을 찍었다.

걷다 쉬다를 반복하며 드디어 에스파냐 광장까지 왔다. 그 유명한 돈키호테와 산초의 동상이 있는 곳이 바로 에스파냐 광장이다. 돈키호테와 산초는 여전히 인기가 많은지 꽤 많은 사람들이 주변을 맴돌고 있다. 예상보다 규모가 큰 돈키호테와 산초의 동상을 보며 우리도 괜스레 주변에서 얼쩡거렸다. 그러다가 발견했다. 돈키호테와 산초 뒤에서 이들을 물끄러미 앉아 바라보고 있는 이. 바로 스페인의 대표적 작가 세르반테스 동상이다. 돈키호테와 산초 그리고 세르반테스를 한자리에서 만나다니, 그것만으로도 마음이 뻐근해 왔다.

주말에 레티나 공원에 가려고 숙소를 나섰다. 멀리서 함성이 들렸다. 발길을 돌려 소리 나는 곳으로 향했다. 가까이 가보니 군중들이 모여 나팔을 불며 큰소리로 구호를 외치고 있었다. 도로를 점령한 시위대다. 시위대는 마드리드 의사당을 향해 행진하고 있었다. 시위대 옆과 뒤로는 경찰들이 둘러서 있고 경찰들은 경찰봉을 이리저리 돌리며 교통 통제를 하고 있었다.

스페인에서는 어떻게 시위를 하나 궁금했다. 집회 방식도, 요구사항도 그리고 이에 대응하는 공권력의 처사도 궁금했다. 레티나 공원은 잠시 잊고 시위대를 따라나섰다. 행렬의 맨 앞부터 맨 뒤까지 부지런히 오가며 살펴보았다. 시위대는 현수막과 피켓을 들고 구호도 외치지만 중간중간 서로 이야기 나누며 웃으며 행진한다. 피켓에 적힌 스페인어를 번역기로 돌려 보니 '건강할 권리가 인권이다'라고 쓰여 있다. 나팔과 호루라기 소리가 요란하다. 나팔 소리에 맞춰 구호를 외치고 손뼉도 친다. 행진은 마드리드 의사당 앞에서 멈췄다. 집회가 언제 끝날지 몰라 우리는 그만 아래로 내려왔다. 오는 도중 특이한 점을 발견했다. 시위대 행렬 맨 뒤에 경찰차가 따르고 있고 경찰차 뒤에는 청소차가 따라가며 바로바로 거리를 청소하는 것이다. 집회 행렬에 경찰차 외에 청소차가 따라붙는 게 매우 신기했다.

마드리드는 미술관 두어가 주목적이라 미술관 가까운 곳으로 숙소를 정했다. 프라도 미술관, 레이나 소피아 미술관, 티센 보르네미사 미술관 이렇게 세 곳은 서로 가까운 곳에 위치해 있다.

숙소에서도 걸어서 10분이면 도착한다. 미술관에 대한 안내 책자와 유튜브도 있지만 그것만으로는 부족할 듯해 한국인 가이드 투어를 신청했다. 미술관 세 곳 모두 가이드이 설명을 들으며 다녔는데 그건 정말 잘한 일인 것 같다.

프라도 미술관은 사진 촬영이 불가능했다. 게다가 어차피 그림들은 인터넷에 있으니 전시된 작품에 집중하며 관람했다. 수많은 명화가 있었지만 내게 특히 인상적인 작품은 벨라스케스의 〈시녀들〉이었다.

고등학교 미술책에도 나온 익숙한 그림인데 〈시녀들〉은 너무도 놀라운 작품이다. 보는 사람의 위치에 따라 그림이 달리 보인다. 이쪽에 서면 안 보이던 배경이 보이고 저쪽에 서면 작품 속 인물들 간의 거리가 달라 보인다. 보이지 않던 공간들도 나

은퇴 부부의 42일 자유여행

프라도 미술관 입구
미술관 내부에서는 사진촬영이 금지되어 있다

타난다. 평면적인 사진에서는 결코 발견할 수 없다. 왜 명작이라 하는지 깊이 공감하게 되었다.

틴토레토의 〈세족식〉도 그렇다. 그림의 중앙에 예수가 아닌 제자들이 배치되어 있다. 제자들은 각기 다른 자세로 그려져 있고, 제자의 발을 씻겨주는 예수는 오른쪽 구석에 배치되어 있다. 그런데 보는 위치를 오른쪽으로 옮기자 조금 전에 본 것과는 달리 놀랍게도 예수가 있는 곳이 중앙으로 보인다. 오른쪽에서 보면 그림의 주인공은 예수인 거다. 위치에 따라 달리 보이는 게 신기했다. 원근법을 잘 살려 그린 작품이라고 한다.

피카소의 대표작 〈게르니카〉는 레이나 소피아 미술관에 있고, 엘 그레코의 〈수태고지〉는 티센 보르네미사 미술관에 있다. 이틀에 걸쳐 미술관 투어를 했지만 그래도 아쉬웠다. 가이드에게 설명을 들었으니 기회가 된다면 충분한 시간을 갖고 다시 한번 찬찬히 둘러보고 싶다. 간혹 스페인 여행 중 마드리드는 볼 게 없다고 말하는 사람들이 있다. 내 생각에 그건 오판인 것 같다. 미술관들만 둘러보아도 그 자체로 마드리드는 충분히 사람들의 마음에 풍요로움을 선사한다.

도시 전체가
세계문화유산이라니

    마드리드에 5일간 숙박하는 동안 하루 당일치기로 인근 세고비아와 톨레도를 가보기로 했다. 남편은 인터넷을 검색해 차량을 포함한 한국인 가이드를 신청해 두었다. 아침 9시, 프라도 미술관 안에 있는 고야 동상 앞에서 가이드를 만났다. 모이고 보니 혼자 온 사람도 있고 엄마와 딸, 혹은 친구끼리, 그리고 우리처럼 부부가 온 사람, 모두 합해 일곱 명이다. 인사를 나누고 미니버스에 올랐다. 세고비아까지는 1시간 반 정도 걸렸다.

    계곡을 따라 구불구불 돌아 올라가니 절벽 위에 깔끔하고 커다란 성채가 보인다. 세고비아 알카사르다. 알카사르는 스페인어로 '성(城)'이란 뜻이다. 어디서 많이 본 듯한 모습이다 싶었

세고비아 알카사르

는데 디즈니 애니메이션 〈백설공주〉에 등장한 성의 모티브가
된 곳이란다. 지금도 디즈니 영화 첫 화면은 시그널 음악과 함
께 성의 모습으로 시작한다.

  세고비아 알카사르를 잠시 둘러보고 드디어 2천여 년 전에
지어진 수도교(로) 앞에 섰다. 수도교는 모습 그 자체로 웅장하
고 장엄했다. 로마인들이 만든 이 수도교의 길이는 무려 13킬

은퇴 부부의 42일 자유여행

로미터, 최고 높이는 28미터가 넘는다. 현존하는 수도교 중 가장 완벽한 형태를 갖추고 있고 1985년 유네스코 세계문화유산으로 지정되었다고 한다. 맨 위 상단에 홈을 파서 물을 흘리는 방법으로 도시에 물을 공급한 것이다. 이 수도교가 건설되기 전까지는 먼 곳에서 힘겹게 물을 길어다 먹었단다. 주거지 가까운 곳까지 물을 운반하는 다리(길)가 생겼으니 얼마나 삶의 질이 좋아졌겠는가.

  2만여 개의 화강암으로 만든 이 건축물은 접착제 없이 오로지 아치 구조로만 이루어져 있다. 그래서 돌들이 서로를 의지하며 기대어 있는 듯 보인다. 잠시 눈을 감고 기둥의 돌들을 어루만져 보았다. 오래전의 그들, 2천여 년 전 로마인들의 숨결이 느껴지는 것 같다. 마치 내게 '그래. 여기까지 잘 왔어'라고 속삭이는 것 같다. 이런 시간이 좋다. 오래된 유적지와 유물에서 느껴지는 찌릿한 감동이 있다. 역사 속의 과거와 현존하는 내가 만나는 이 시간, 한없이 감개무량하다.

  1884년까지 이 수도교를 통해 물이 공급되었다. 요즘은 건기라 물이 없지만 비가 많이 오면 지금도 수도교에는 물이 흐른다. 안타깝게도 예전의 수도교에 문제가 생겼을 때 납으로 물길을 보수해 버렸다고 한다. 그 결과 납중독이 생겼고 이후 식수로 사용하는 것은 불가능해졌다고 한다. 지금도 비가 많이 오면 물이 흐르기도 하지만 여전히 마실 수는 없다. 입구를 쇠창살로 막아 두었다.

점심시간이 되었고 메뉴를 선택해야 했다. 세고비아에 오면 누구나 한 번쯤 들러 먹는다는 식당이 있다. 새끼 돼지 통구이 식당이다. 대를 이어 영업을 해오고 있고 예약 없이는 가기 어려울 정도로 인기린다. 고기의 육실이 부드럽다는 걸 보여주려는 퍼포먼스로 칼 대신 접시로 고기를 잘라 준다고 한다. 가이드는 이곳을 가거나 아니면 한국인이 자기 집에서 만들어 주는 가정식 식사, 둘 중 하나를 선택하라고 한다.

고기를 먹지 않는 나는 새끼 돼지 통구이 식당에 들어가는 것조차 엄두가 나지 않았다. 상상만 해도 끔찍한데 어찌 들어가겠나. 만약 그리 결정되면 남편과 나는 다른 식당을 찾아야겠다 싶었다. 투어 멤버 일곱 명이 의논한 결과 다행히 한국인 가정식 식사로 결정되었다. 고기를 먹기는 하지만 새끼 돼지를 통째로 굽는다는 게 너무 잔인한 것 같다고들 말하며 가정식 한식으로 기울었다. 참으로 다행이었다.

자동차로 30분 정도 이동해 도착한 한국인 가정집은 정원이 잘 가꾸어진 아름다운 집이었다. 그곳에서의 가정식 식사는 대만족이었다. 각종 나물에 전, 불고기와 생선까지 마치 생일날 밥상처럼 화사했다. 게다가 와인에 후식으로 커피와 사과까지,

어느 누군들 좋아하지 않을 수 있겠나.

오랜만에 한식을 맘껏 먹을 수 있는 데다, 거기 모인 사람들이 다 한국인이니 맘껏 우리말을 할 수 있어 마냥 행복했다. 처음의 어색함은 온데간데없이 수다와 웃음꽃이 가득한 식사 시간이었다. 여행 내내 남편과 단둘이 이야기를 하다가 다른 사람들과도 말을 섞으니 신선한 공기를 마시는 듯했다. 그렇지, 역시 사람은 사회적 동물이라는 것을 새삼 느꼈다.

톨레도는 마드리드보다 더 오래된 스페인의 옛 수도로, 도시 전체가 유네스코 세계문화유산이다. 오랜 역사를 거치며 이곳은 이슬람 세력의 수도이기도 했다가 다시 가톨릭의 수도로 바뀌기도 했다. 그렇기에 이슬람 문화, 가톨릭 문화 그리고 유대교 문화까지 다양한 문화가 공존한다. 종종 가톨릭과 이슬람 양식이 함께 적용된 건축물이 보이기도 한다.

톨레도 대성당은 스페인 3대 성당 가운데 하나일 정도로 규모가 크다. 1226년 이슬람 세력을 물리친 것을 기념해 이슬람 모스크를 허문 바로 그 자리에 짓기 시작해 1493년에 완공했다. 고딕 양식의 이 성당은 정면에 3개의 문이 있다. 정면에서 볼 때 가운데 문은 '용서의 문', 오른쪽 문은 '심판의 문', 왼쪽은 '지옥의 문'이다. 안으로 들어서자마자 아, 소리가 나며 입이 절로 벌어졌다. 장대하고 웅장하고 화려했다.

톨레도 대성당 전경

대성당의 가운데엔 나무로 된 등받이 의자들이 양옆으로 길게 늘어서 있는데 바로 성가대석이다. 호두나무로 만들어진 50개 의자 하나하나의 장식이 무척이나 정교하고 아름답다. 예수와 성모마리아의 일대기, 그리고 가톨릭의 이슬람 정복 과정을 묘사하고 있다.

성가대석 맞은편으로 가보니 벽의 한 면 전체가 황금색이다. 예수와 성모마리아의 일생을 그린 조각품으로 바탕의 나무엔

은퇴 부부의 42일 자유여행

황금을 칠하고 인물들은 다양한 색으로 채색한 그야말로 화려함의 극치다. 어마어마한 규모도 놀랍지만 기도하는 손가락 하나, 머리카락과 수염, 옷의 주름 하나하나가 너무도 자연스럽다. 이게 사람의 손으로 가능한가 싶을 정도로 세밀함과 정교함이 극에 달한다.

화려한 대성당 안에 특히나 눈에 띄는 곳이 있다. 조각과 그림으로 장식된 〈엘 트란스파렌테(El Transparente)〉라는 제단인데 18세기 바로크 양식으로 나르시스 토메의 작품이다. 햇빛이 실내로 흘러들어올 수 있도록 천장 일부를 뜯어냈는데 이 뚫린 천장이 바로 채광창의 역할을 하는 것이다.

톨레도 대성당 내부

천장에서 나오는 듯 화사한 푸른빛은 주위와 대조를 이루며 경외감을 일으키게 한다. 그 푸른빛에 빠져 한참을 서서 보고 또 보았다. 푸른빛 창으로 마치 내 몸이 빨려 들어갈 듯했다.

옆으로 돌아가니 화려하지만 조금 전과는 다른 부드러운 느낌의 천장화가 보인다. 루카 조르다노라는 화가가 10년에 걸쳐 그렸다고 한다. 천장화의 끝이 만나는 벽에는 빨간색 옷을 입고 있는 예수의 그림이 보인다. 〈그리스도의 옷을 벗김〉이라는 엘 그레코의 작품이다. 엘 그레코의 작품답게 예수의 빨간색 옷은 그냥 빨강이 아니다. 색 자체에서 빛이 나는 한없이 진한 빨강이다. 엘 그레코의 노랑도 초록도 그렇다. 크레타 섬 출신의 엘 그레코는 톨레도에서 38년간 살았고 톨레도에는 그의 미술관이 있다.

대성당을 둘러보고 나오니 그 화려함과 웅장함에 눌려 말문이 막혔다. 잠시 돌계단에 앉아 머릿속 가득한 화려함의 기운을 시원한 바람에 식혔다. 화려한 아름다움도 좋지만 오랜 시간 속에 켜켜이 쌓인 소박하고도 자그마한 스토리도 아름답다. 이 두 가지를 적절하게 안배하며 남은 여행지를 둘러봐야지, 생각했다.

톨레도 시내 골목길을 걷다 보면 울퉁불퉁 중세 시대에 만든 돌길이 그대로 남아 있다. 발이 삐끗하지 않도록 조심해 걸었

루카 조르다노의 천장화와 정면에 보이는
엘 그레코의 <그리스도의 옷을 벗김>

다. 당일치기로 다녀온 만큼 특히 톨레도는 아쉬움이 크다. 오
랜 역사가 있는 만큼 이야기도 많은 톨레도, 며칠 정도 머물며
천천히 둘러보는 것도 좋을 것 같다.

2

파란 도시 포르투를 거쳐

리스본에 이르다

항해기념비 맨 꼭대기에 있는 전망대에 올랐다.
사방을 둘러보니 탁 트인 풍광이 무척이나 멋지다.
아래 광장의 바닥에 세계 지도가 새겨져 있다.
한반도 지도도 있는데 자세히 보니 누군가 작게
독도를 그려 넣은 게 보인다.

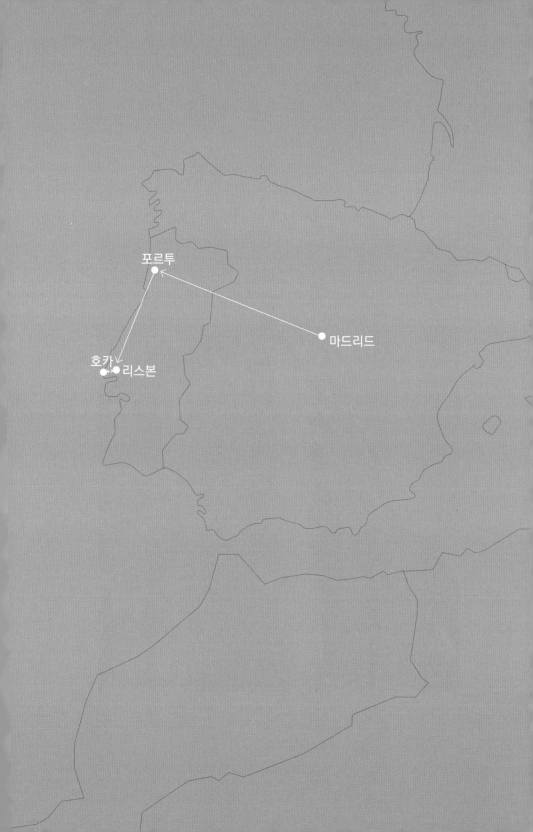

포르투

마드리드

호카
리스본

포르투는 파랑이었네

아줄레주 기법으로 장식된 알마스 성당

아줄레주 기법으로 장식된 알마스 성당

은퇴 부부의 42일 자유여행

포르투는 이름에서 알 수 있듯이 포르투갈의 뿌리라 할 수 있는 곳으로, 수도인 리스본 다음으로 큰 도시다. 마드리드에서 비행기를 타고 포르투에 도착했다. 스페인에서 포르투갈로 입국하는 거라 당연히 포르투 공항에서 입국 심사를 하는 줄 알았다. 그런데 입국 수속 절차가 따로 없다. 마치 김포공항에서 제주공항 가듯이 그저 짐을 찾고 나오면 그만이었다. 얼떨떨했다. 가입국들끼리 국경 검문을 없애 자유로운 이동을 가능케 한 셴겐 조약(Schengen Agreement) 덕분이고, 대부분의 EU 국가들이 가입되어 있다는 걸 뒤늦게 알았다.

공항에서 점심을 먹고 유심 칩을 사러 공항 안을 이리저리 찾아다녔다. 열흘 정도 머물 예정이라 5기가짜리 용량을 주문하고 10유로를 결제했다. 그리고 지도를 검색해 공항버스를 타고 40분 정도 걸려 정류장에 내렸다. 숙소까지는 7분 정도 걸으면 도착하는데 의외의 복병을 만났다. 여태까지 다녀본 편안한 도로와는 달랐다. 울퉁불퉁 그야말로 험난하기 그지없는 길이었다. 유럽의 돌바닥, 보기엔 너무도 예쁘고 감성 돋는 길인데 걷다 보니 불편하기가 이루 말할 수 없었다.

바닥이 고르지 않고 여기저기 툭툭 불거진 길을 커다란 캐리어까지 끌고 가다 보니 너무도 힘들었다. 심지어 하필 오르막길이다. 이럴 줄 알았으면 택시를 탈 걸, 후회하며 앞장서 걷는 남편의 뒤통수를 째려보았다. 남편도 돌바닥이 이럴 줄 몰랐겠지만 나는 누구라도 원망할 사람이 필요했다. 후들거리는 다리를 부여잡고 호텔로 들어와 체크인을 하고 5층 방으로 들어왔다. 드넓은 하늘이 보이고 한편에 높은 종탑까지 보인다. 종탑은 클레리구스 성당의 탑이다.

여행을 시작한 지 보름이 될 무렵 그동안 쌓인 피로가 한꺼번에 몰려오는 듯했다. 몸살이 났는지 온몸이 쑤시고 아프다. 일단 나는 쉬기로 했다. 남편은 동네 탐방을 하고 그동안 나는 쓰러져 세상모르고 잤다.

한숨 푹 자고 일어나니 산책에서 돌아온 남편이 백합미역국에 밥을 넣어 끓여 주었다. 한국에서 준비해 간 즉석식품이다. 뜨끈한 미역국에 밥까지 먹고 나니 으슬으슬 추웠던 게 좀 사그라들었다. 한숨 푹 잔 데다 뜨거운 국과 밥을 싹싹 비우고 나니 정신도 들고 힘도 났다.

저녁이지만 원기회복 재충전하여 밖으로 나갔다. 별 생각 없이 숙소를 나섰는데 눈앞에 놀라운 광경이 펼쳐져 있다. 온 세상이 파란색이다. 해가 진 하늘은 코발트블루 빛이고 곳곳에 파란색 아줄레주(Azulejo) 장식의 성당과 파란 옷을 입은 건물들이 늘어서 있다.

푸른빛 가득한 골목을 돌면 또다시 푸른빛 광장이 나타난다.

광장 한편 분수대 앞에 사람들이 모여 있다. 물을 뿜는 분수대도 새파랗고 분수대에서 뿜어져 나오는 물도 파랗다. 온통 다 파란색이다. 너무도 놀라웠다. 파란색을 좋아하는 내 눈에 더없이 경이롭고 놀랍도록 아름다웠다.

파란색 분수대 앞에서 젊은 청년들이 웃고 떠들고 있다. 가만 보니 그중 몇몇은 한국의 대학 졸업식 때 입는 검은색 망토를 두르고 있다. 그러고는 다 같이 둘러서서 장난을 치며 한 명을 들어 물에 빠뜨린다. 그들의 큰 웃음소리에 주변의 사람들도, 우리도 덩달아 같이 웃었다. 알고 보니 분수대 앞 광장과 건물은 포르투 대학이었다.

문도 없고 담도 없는 건물을 어찌 대학이라 생각이나 했겠나. 낯선 풍경이자 부러운 광경이었다. 나중에 알았는데, 대학에 들어가면 신입생을 환영의 뜻으로 분수대 물에 빠뜨리는 게 전통이란다. 게다가 포르투 대학생들은 검은색 망토를 교복으로 입는다고 한다. 참으로 신기하기 그지없다.

밤거리를 걷다가 아이스크림 가게가 눈에 띄어 들어갔다. 안내 책자에 나온 유명한 아이스크림 집이다. 젤라토 2개를 주문했다. 몇 가지 맛으로 주문했더니 여러 색깔의 장미꽃 모양의 아이스크림이 나왔다. 한 입 베어 먹는 순간 눈이 휘둥그레지며 "이게 뭐야?"란 말이 절로 튀어나왔다. 내가 알던 아이스크림이

꽃 모양 아이스크림의 젤라토

아니었다. 그리 달지 않으면서도 입 안 가득 진한 느낌으로, 왠지 모르게 건강해지는 맛이다.

다음 날 아침, 상 벤투 기차역으로 갔다. 기차역은 사람들로 가득했다. 현재도 기차가 운행되고는 있지만 기차를 타러 온 사람보다는 내부의 벽면 장식 아줄레주를 보러 온 사람들이 훨씬 더 많다. 아줄레주는 세라믹 타일 장식을 말한다. 흰 바탕의 타일에 파란색 안료로 그림을 그려 구운 뒤 다시 투명 유약을 칠하는 방식이다.

포르투갈에서 아줄레주는 주로 흰 바탕에 파란색 그림이 있는 타일인데 초기 북아프리카에서 유입된 아줄레주는 파란색뿐 아니라 수많은 다양한 색깔로 표현되었다고 한다. 상 벤투역 노란색 천장에는 도루(DOURO)와 미뉴(MINHO)라는 글자가 새겨져 있다. 포르투갈 북부를 흐르는 두 개의 강 이름이다.

은퇴 부부의 42일 자유여행

벽면엔 파란색 아줄레주 장식의 그림들이 가득한데 포르투갈의 역사적 사건들을 담고 있다. 이 타일은 1905년부터 1916년까지 11년 동안 화가 호르헤 콜라소가 작업한 것으로 약 2만여 개의 타일이 사용되었다고 한다.

세밀하게 묘사된 여러 그림 중 누군가 무릎을 꿇고 있는 장면이 특히 궁금했다. 찾아보니 포르투갈 건국의 일등 공신인 메가스 모니스가 스페인 레온 왕국의 알폰소 7세 앞에 용서를 빌고 있는 모습이다. 무릎을 꿇고 있는 사람들은 그의 가족들이다.

상 벤투역 내부에 장식되어 있는 아줄레주 그림
포르투갈의 역사적 사건들을 담고 있다

루이스 다리에서 본 도루강 야경

　레온 왕국에 대한 충성 맹세가 지켜지지 않자 메가스 모니스는 가족들까지 데리고 알폰소 7세를 찾아 찾아와 용서를 구했다. 이에 감동한 알폰소 7세는 이들을 모두 살려주고 포르투갈의 독립도 인정해 주었다고 한다. 이 사건으로 메가스 모니스는 포르투갈 건국의 주요 인물이 되었다.

　타일 그림은 파란색이라도 다 같은 파란색이 아니다. 농담(濃淡)의 조절로 명암과 원근을 잘 살렸고 옷의 주름과 무늬 하나 그리고 등장인물의 표정까지 살아있어 마치 그 시절 그 시

　은퇴 부부의 42일 자유여행

간으로 순간 이동한 것처럼 느껴진다. 그나저나 본인은 서 있으면서 왜 가족들만 무릎을 꿇게 했을까. 그건 좀 궁금하다.

포르투를 관통하며 흐르는 도루 강으로 갔다. 유람선을 타고 강 하류로 내려가 대서양이 보이는 지점을 반환점으로 다시 되돌아왔다. 강변에 줄지어 있는 색색의 건물들은 생동감 있어 보인다. 강을 따라 산책하는 사람들도, 강변에 걸터앉아 이야기를 나누는 사람들도 많다.

웃고 떠들며 다이빙하는 꼬마들도 있다. 모두 시름을 잊은 듯 평화로워 보인다. 유람선을 타는 내내 포르투갈어, 스페인어, 영어로 안내방송이 나왔지만 못 알아들으면 또 어떠랴. 흐르는 강물처럼 나도 평화로워졌다.

해 질 무렵 도루 강의 루이스 다리에서 노을을 보았다. 시시각각 붉은색에서 보라색으로, 어둠이 깃든 검푸른색으로 변해가는 모습을 조용히 감상했다. 불현듯 남편과 둘이 이 시간, 이 장소에 있다는 것 자체가 감사하다는 생각이 들었다. 오랫동안 서로의 일을 존중하며 살아온 시간들이 떠오르며 마음이 찡해졌다. 서로 별 말 없이도 편안한 사이, 그게 진짜 좋은 관계라고 한다. 말하기 민망하지만 우리가 그렇다.

포르투 식당에서
주문 전 꼭 해야 할 말

포르투 대성당과 광장 한편에 노예와 죄인을 묶어 벌 주는 기둥 '페로우리뇨(Pelourinho)'

은퇴 부부의 42일 자유여행

숙소로 들어가는데 길에 사람들이 모여 서 있다. 몇 개의 줄로 길게 늘어서 있다. 렐루 서점에 들어가려는 사람들이다. 렐루 서점에 가려면 예약이 필수다. 우리는 다음 날 오전 10시 30분으로 예약해 두었다. 시간에 맞춰 서점 앞으로 갔더니 30분 단위로 예약 표지판이 있다. 줄 서 있는 사람들 중에는 한국 사람들도 꽤 있다. 1인당 5유로의 입장료를 내고 들어갔다.

입구에 들어서자 사람들 가득한 틈으로 가장 먼저 나선형 중앙 계단이 눈에 들어왔다. 전체 내부 구조는 나무 색깔로 칠해져 있고 독특하게도 천장에 커다란 스테인드글라스가 있다. 석회를 나무처럼 보이도록 페인트칠을 한 계단과 벽체, 천장과 난간에 새겨진 유려한 장식은 섬세하고도 화려하다. 나선형 계단의 바닥은 온통 붉은빛이다. 계단 하나하나를 천천히 오르는데 마치 오래된 영화 속의 한 장면처럼 느껴졌다.

렐루 서점은 1906년 렐루 형제에 의해 탄생한 곳이다. 『해리 포터』로 유명한 영국의 작가 조앤 롤링 덕분에 유명해졌다. 포르투에서 영어 강사로 일하던 조앤 롤링은 이곳을 자주 드나들며 호그와트 마법학교 기숙사와 도서관 이미지의 모티브를 얻었다고 한다.

1층과 2층 구석구석 다니다 보니 익히 들어본 작가들의 코너와 작품들이 있다. 오래된 작가들의 유명한 책들을 만져보며

2층에서 내려다본 렐부 서점
붉은색이 인상적인 나선형 계단

과거로 시간 여행을 하는 느낌이었다. 포르투갈어로 된 『어린 왕자』를 한 권 사서 나왔다. 책을 살 때 입장료를 낸 티켓을 보여주면 5유로를 제외하고 책값을 계산해 준다.

포르투 대성당으로 가는 길은 약간의 언덕을 올라야 했다. 대성당의 광장에 도착하니 청동 기마상이 보인다. 포르투갈의 항해왕이라 불리는 엔히크 왕자를 기리는 동상이다. 엔히크 왕자는 어릴 때 마르코 폴로의 『동방견문록』을 읽으며 항해에 관심을 가졌다고 한다. 배를 만드는 기술과 지도를 제작하는 데 관심이 많았고 이를 바탕으로 포르투갈 항해 발전에 지대한 공헌을 한 사람이다. 엔히크 왕자는 포르투 대성당에서 세례를 받았다.

12세기에 로마네스크 양식으로 만들어진 포르투 대성당은 이후 시간이 흐르면서 여러 번의 추가 공사를 거치게 된다. 현재의 대성당은 고딕 양식, 바로크 양식 등 다양한 양식이 혼합되어 있다. 대성당 외벽엔 오랜 시간을 증명이라도 하듯 돌이끼가 잔뜩 끼어 있다. 벽 사이사이에도 기둥 군데군데에도 초록빛 이끼가 가득하다. 깔끔하고 정돈된 아름다움도 좋지만 이렇게 시간이 켜켜이 쌓여 있음을 드러내는 아름다움에도 마음이 많이 간다.

엔히크 왕자 기마상 근처에 독특한 모양의 높다란 기둥이 있다. '페로우리뇨(Pelourinho)'라는 기둥이다. 이 기둥의 정교한 문양이 매우 아름다웠다. 그런데 그 기둥의 쓰임이 놀랍다. 죄인과 노예를 묶어 두고 채찍질하며 체벌하는 용도였단다. 아름다운 생김새와 달리 끔찍한 쓰임새였다는 게 아이러니하다. 페로우리뇨 기둥을 받치고 있는 기단 아래 예닐곱 개의 계단이 있고 계단에는 사람들이 앉아 있다. 나도 그들처럼 계단에 앉아 보았다. 등 뒤로 따스한 햇빛이 쏟아지고 시원한 바람이 얼굴

대구를 주재료로 한 바칼랴우 아 브라스는
포르투갈의 대표적인 음식이다

을 스친다.

광장 가장자리로 가서 아래를 내려다보니 포르투 구시가지가
보인다. 시가지의 건물 지붕들이 모두 주황색이다. 지붕 색깔
하나 맞췄을 뿐인데 깔끔하고 정돈된 느낌이다. 고풍스럽고 아
름답기 그지없다.

점심으로 피시 수프와 바칼랴우 아 브라스, 그리고 리소토를
시켰다. 피시 수프는 뜨끈하며 칼칼했다. 마침 인후통에 살짝
고생하던 남편이 맛을 보고는 대만족했다. 바칼랴우는 생선인
대구를 말한다. 찐 대구를 밥과 채소와 함께 볶은 요리인데 맛
도 모양도 좋았다. 리소토는 너무 짜서 결국 조금 먹다 말았다.

안내 책자에 스페인도 그렇지만 포르투갈도 음식이 대체로
짜게 나오니, 주문하기 전에 "짜지 않게 해 주세요"라는 말을
해야 한다는 문구를 읽었는데 그만 까먹었다. 리소토가 특히
짠데 이런 일이 한두 번이 아니다. 주문 전에 했어야 하는 말을

한 숟갈 뜨고서야 생각이 난다. 대체 여행 마치기 전까지 할 수는 있으려나 싶다.

상 벤투역에서 멀지 않은 곳에 아름답기로 유명한 마제스틱 카페가 있다. 카페까지 사방을 둘러보며 천천히 거리를 걸었다. 가는 동안 거리에는 사람들이 가득하고 곳곳에서 버스킹이 펼쳐지고 있었다. 카페 바로 앞에서도 한 여성이 버스킹을 하고 있었는데 둘러서서 듣는 사람들이 많았다. 그의 노래가 어찌나 아름다운지 나도 멈춰 그 소리에 빠져들었다. 악기 케이스에 동전을 넣어주고 드디어 마제스틱 카페로 들어갔다.

높은 천장의 화려한 샹들리에가 바로 보인다. 흰색 대리석 상판의 앤티크 테이블과 가죽 의자, 벽면의 거울이 고풍스럽다. 카페 직원들이 입고 있는 금빛 견장이 달린 흰색 유니폼이 이곳의 오랜 역사를 말해주는 듯했다. 마제스틱 카페는 1921년에 문을 열었다. 서빙하는 직원들 중에는 나이 든 사람들도 있다.

마제스틱 카페의 에그타르트
얼그레이 티와 잘 어울린다

역사가 오래된 카페에서 나이 든 사람들이 서빙하는 모습이 유달리 좋아 보인다. 나도 나이가 들어서 그런가 보다.

　내가 사는 제주 동네에서 멀지 않은 곳에 '아줄레주'라는 카페가 있다. 에그타르트로 유명한 집이다. 여느 집보다 맛이 좋아 종종 가곤 한다. 좋아하는 에그타르트, 원조 포르투갈에 왔으니 기회가 되는 대로 먹어 보기로 했다.

　마제스틱 카페에서 에그타르트와 얼그레이를 주문했다. 기대한 대로 에그타르트는 향긋하고 달콤하면서 부드러웠다. 시나몬 가루를 듬뿍 뿌려 천천히 음미하며 베어 먹었다. 에그타르트는 역시 포르투갈이다. 얼그레이 차가 담긴 흰색 도자기 주전자가 매우 고풍스럽다. 얼그레이 차를 찻잔에 따라 마시니 몸도 마음도 차분해진다. 얼그레이와 에그타르트가 놀랍도록 잘 어울린다.

　숙소로 돌아와 잠시 쉬다 저녁을 먹으러 밖으로 나갔다. 숙소 근처 식당으로 들어갔는데 포르투갈 전통음식 '프란세지냐'

프랑스의 크로크무슈에서 유래된
포르투갈의 전통음식 프란세지냐

가 있다. 궁금했던 차에 냉큼 2개를 주문했다. 재료에 대한 설명을 자세히 보지도 않고 얼핏 메뉴판의 사진만 보고 주문했는데 고기를 안 먹는 내겐 실패였다. 버거처럼 생겼기에 새우 버거나 피시 버거가 가능할 줄 알았더니 아니었다. 식빵 안에 고기와 햄, 소시지를 넣고 치즈로 두른 후 소스를 듬뿍 얹은 음식, 이게 프란세지냐다. 이름에서 연상되듯 프랑스의 샌드위치 크로크무슈에서 유래된 음식이다.

음식이 나왔는데 칼로리 폭탄임을 바로 알 수 있었다. 대체로 잘 먹는 남편이 프란세지냐를 두어 번 베어 먹다가 포기했다. 너무 느끼하단다. 버섯 요리를 추가 주문해 먹었고 내 몫으로 나온 손도 안 댄 프란세지냐는 포장했다.

숙소로 돌아오는 길에 불 꺼진 상가 앞에 자리를 깔고 앉은 노숙인이 보였다. 새 음식이니 따뜻할 때 그분에게 드리자고 했더니 남편은 자꾸 만류하며 골목을 더 돌자고 한다. 나는 음식이 따뜻할 때 전하고 싶은데 주저하는 남편이 이해가 안 되었다. 대체 왜 그러냐고 닦달하며 캐물으니 노숙인이 혹시 자존심 상할까 싶어 망설였단다. 결국 내가 다가가 조심스레 프란세지냐를 건네며 혹시 드시겠는지 물었다. 그분은 고맙다며 선뜻 받았다. 잘 받아주어 고마웠고 식지 않아 다행이었다. 포르투에서의 하루가 또 이렇게 간다.

리스본행 야간열차는
운행하지 않았다

항해(발견)기념비 전망 탑에서 내려다본 전경

은퇴 부부의 42일 자유여행

아주 오래전에 제레미 아이언스 주연의 〈리스본행 야간열차〉라는 영화를 본 적이 있다. 포르투갈의 살라자르 독재정권에 맞서 싸우는 레지스탕스 이야기를 다룬 영화다. 영화를 보며 미지의 도시 리스본과 레지스탕스 그리고 야간열차라는 키워드 하나하나에 마음이 사로잡혔다. 언젠가는 꼭 리스본행 야간열차를 타 봐야겠다고 마음먹었다.

포르투갈을 여행하는 지금, 드디어 실행에 옮길 기회가 왔다. "리스본에 갈 때는 무조건 야간열차를 탄다"가 처음부터의 계획이었다. 그러나 그 야심 찬 계획은 곧 수포로 돌아갔다. 요즘은 리스본으로 가는 야간열차를 운행하지 않는단다. 몹시 아쉬웠다. 그대로 포기할 순 없어서 아쉬운 대로 야간은 아니어도 리스본행 열차는 타기로 했다.

포르투 숙소에서 체크아웃 후 우버를 불러 기차역으로 갔다. 포르투 캄파냐역에서 리스본 산타 아폴로니아역까지는 기차로 3시간 걸린다. 기차에 타 짐을 올리고 자리에 앉았다. 드디어 리스본행 열차를 타는구나. 오랜 소원이 이루어지는 순간이라 생각하니 가슴이 콩닥콩닥 뛰었다. 때마침 비가 내린다. 달리는 기차 창밖으로 빗물이 흐른다. 리스본으로 향하는 창밖 풍경이 빗물에 겹쳐 흐릿하게 보인다. 뭉클하면서도 뭔가 처연하게 느껴진다.

리스본은 포르투갈의 수도다. 리스본은 영어식 표기이고 포르투갈어로는 '리스보아(Lisboa)'라고 부른다. 1755년 11월 1일, 리스보아에 엄청난 규모의 대지진이 있었다. 해일을 동반한 지진과 화재로 인해 오랜 역사의 도시 리스보아 대부분의 건물들이 파괴되었다. 사망자 수도 최대 6만 명 정도로 추정된다. 이후 리스보아를 재건하는 과정에서 유럽 최초의 내진 설계 가이올라 공법이 발명되었고 도시는 다시 만들어졌다.

리스보아는 평지보다 언덕이 많은 도시다. 윗동네에 사는 주민들에게 꼭 필요한 교통수단은 좁은 골목도 쉽게 오르내릴 수 있는 푸니쿨라였다. 푸니쿨라는 1900년대 초부터 운영되기 시작했는데 지금은 관광객들이 더 많이 이용한다. 2000년대 들어서 푸니쿨라 외관에는 그라피티 장식이 등장했고 이를 배경으로 기념 촬영하는 관광객들이 많이 보인다.

리스보아에서 7박 예정이라 교통카드로 사용 가능한 리스보아 카드를 구매했다. 리스보아 카드 하나면 버스, 메트로, 트램은 물론 가까운 인근 도시로 가는 기차까지도 탑승이 가능하다. 여기저기 다니며 리스보아 카드를 잘 이용했는데 남편이 그 카드를 두 번이나 잃어버렸다. 바지 주머니에 휴대전화와 함께 넣었는데 휴대전화를 꺼내다가 카드를 흘렸는지 그만 행방이

언덕이 많은 도시 리스본을 오가는 푸니쿨라
이제 외관은 그라피티로 가득하다

묘연하다. 한 번 실수했으면 다시는 그러지 말아야 할 텐데 뭐
가 아쉬웠는지 남편은 다시 산 리스보아 카드를 똑같은 방식으
로 또 잃어버렸다. 쯧쯧.

　낯선 도시 리스보아에 대해 자세히 알고 싶어서 일일투어를
신청했다. 가이드의 안내로 호시우 광장을 비롯해 피게리아 광
장, 카몽이스 광장 등 몇 개의 광장과 산타루치아 전망대와 포
르타스 두 솔 전망대를 둘러보았다. 트램과 버스를 타며 다녔

물결 모양의 자갈 바닥으로 유명한 호시우 광장
브라질 최초의 황제가 된 동 페드로 4세의 동상이 있다

고 높은 언덕에 있는 곳들은 푸니쿨라와 산타 후스타 엘리베이
터를 타고 이동했다.

　조금 이동하면 유서 깊은 광장이 나오고 조금 더 이동하면
아름다운 리스보아 전경이 보이는 전망대들이 나온다. 다니다
보니 신기하게도 거리의 가로수가 오렌지 나무다. 일일투어에

함께한 일행들도 신기해했다. 갑자기 생각나서 내가 사는 제주의 가로수는 하귤나무라고 말해주었다. 사람들이 그것도 신기해했다.

다음 날 아침, 느지막이 일어나 제로니무스 수도원과 벨렝탑이 있는 벨렝 지구로 출발했다. 마침 현금이 거의 떨어져 버스 타러 가는 길에 ATM기를 찾았다. 현금을 인출하려고 월렛 카드 비밀번호를 누르는데 이상하게도 계속 실패다. 비밀번호를 잘못 기억하나 싶어 초조한 마음으로 심사숙고하며 이것저것 눌러보았는데 모두 실패다. 급기야 연속 5회 실패라고 카드가 정지되었다. 아뿔싸!

월렛 카드가 앱의 비번과 실물 카드의 비번이 다르다는 걸 모른 채 저지른 사고다. 머릿속이 하얘졌다. 일단 생각을 정리하기로 하고 바로 앞에 있는 코메르시우 광장의 노천카페로 들어가 앉았다. 남편이 다른 카드로 해봐야겠다며 두고 온 카드를 가지러 숙소로 갔다. 나는 에스프레소 한 잔을 주문했다. 벌어진 난감한 상황과는 관계없이 아침 햇살은 너무나 투명하고 맑았다. 어떻게든 방법이 있겠지, 하고 낙관하며 천천히 커피를 음미하며 마셨다. 햇살은 따스했고 드넓은 광장의 사람 없는 호젓함이 딱 마음에 들었다.

그런데 따스했던 햇빛은 시간이 지나며 점점 땡볕이 되어갔다. 기다리는 남편이 오지 않는다. 전화했더니 전화도 안 받는다. 급기야 땀이 주르륵 흐르며 더위에 취약한 나는 점점 지쳐 갔다. 슬슬 짜증이 올라오기 시작할 즈음에서야 남편이 나타났다. 남편의 표정도 좋지 않다. 남편은 본인의 월렛 카드로도 해봤는데 비번 5회 실패로 똑같이 정지되었다고 한다. 카페에서 나오며 커피값을 결제하려고 카드를 내밀었다. 그런데 사용이 정지된 카드라고 결제가 되지 않았다. 이런 망신이 또 있나 싶었다. 남편이 조금 남아 있는 현금으로 커피값을 계산했다. 아, 하루의 시작이 험난하다.

　예정대로 일단 제로니무스 수도원으로 향했다. 천만다행하게도 우리에겐 리스보아 카드가 있었다. 이 카드로 버스든 트램이든 모두 탈 수 있다. 버스를 타고 제로니무스 수도원 앞에서 내렸다. 그런데 수도원으로 가는 사람들의 줄이 끝이 없을 정도로 길다. 오늘이 일요일이라 그런가 싶었다. 줄 서 기다리기엔 무리가 있어 먼저 항해(발견)기념비에 가기로 했다. 저 앞에 보이는 기념비는 그다지 멀지 않은 곳에 있다. 버스를 타기에는 애매한 거리이기도 해서 천천히 둘러보며 걷기로 했다. 걷는 중에 푸드트럭이 보였다. 그걸 보니 몹시 배가 고팠다. 치즈 파니니와 핫도그 그리고 주스 한 잔을 주문했다. 남은 현금을 탈탈 털었고 혹시 모자랄까 봐 음료는 한 개만 주문했다.

남편과 나는 강가에 걸터앉아 파니니와 핫도그를 먹었다. 푸드트럭 파니니는 왜 그렇게 맛있는지. 카드도 안되고 현금도 떨어지니 더 맛있고 귀하게 느껴진다. 어쩌다 멀고도 먼 낯선 땅에 와서 이리되었나 싶다. "주스 아껴 먹어" 하며 서로 구박하다 그만 웃음이 터져 버렸다. 흐르는 테주 강물도 찰랑찰랑 운치 있게 흐르고 목덜미를 스치는 바람도 시원했다.

항해기념비에 대해 안내 책자에는 '발견기념비'라고 적혀 있다. 발견기념비는 포르투갈의 항해왕이라 불리는 엔리케 왕자의 사후 500주년을 맞아 1960년에 세운 기념비다. 우리가 익히 아는 바스쿠 다 가마가 아프리카로 항해를 떠난 바로 그 자리에 세워져 있다. 기념비는 거대했고 선박 모양의 구조물에 걸터앉은 인물들은 정교하게 조각되어 있다.

배의 맨 앞에 있는 사람은 엔리케 왕자다. 그 뒤를 바스쿠 다 가마, 카브랄, 마젤란, 바돌로뮤 디아스 등이 따르고 있다. 당시의 포르투갈 입장에서는 이 모두가 새 항로의 개척자이고 새로운 대륙의 발견자들이다. 그래서 이름이 발견기념비인 거다. 그러나 나는 그렇게 부르고 싶지 않다.

아프리카도 아메리카도 원래 있던 땅이고 원래 거주하는 사람들인데 발견이라니 어불성설이다. 게다가 이들이 그 땅에서 벌인 약탈과 살육을 떠올리면 지극히 야만적이라 할 수밖에 없다. 타 대륙에 대한 착취와 약탈로 이룬 유럽의 부에 대해 다른 해석이 필요하고 언어도 달라져야 한다. 그래서 나는 발견기념비가 아니라 항해기념비로 부르고 싶다.

항해기념비 맨 꼭대기에는 전망대가 있다. 리스보아 카드로 입장권을 할인받아 전망대에 올랐다. 사방을 둘러보니 탁 트인 풍광이 무척이나 멋지다. 내려다보니 광장의 바닥에 세계 지도가 새겨져 있다. 한반도 지도도 있는데 자세히 보니 누군가 작게 독도를 그려 넣은 게 보인다.

항해(발견)기념비
맨 앞은 포르투갈의 항해왕으로 불리는 엔리케 왕자

은퇴 부부의 42일 자유여행

서점과 술집, 벽화
그리고 파두(Fado)가 있는 곳

발견기념비와 벨렝탑을 둘러보고는 제로니무스 수도원까지 걸어서 이동했다. 오후의 뜨거운 땡볕 아래 걷고 줄을 서다 보니 몸도 마음도 지칠 대로 지쳐 버렸다. 줄을 선 지 한참 후에야 드디어 제로니무스 수도원에 들어섰다. 순간, 더위에 지쳐 너덜너덜해진 몸과 마음이 일시에 날아가 버렸다. 사방을 둘러싼 흰색의 고풍스러운 수도원 건물과 초록의 잔디밭이 눈에 확 들어오는데, 그걸 보는 순간 청량감과 상쾌함이 폭포처럼 쏟아졌다.

청명한 파란 하늘과 햇빛에 반짝이는 초록의 잔디밭, 그리고 수도원 건물의 그림자가 드리워진 그늘. 고즈넉하면서도 파릇파릇 생동감이 동시에 느껴진다. 그늘진 회랑에 한참 동안 앉

벨렝탑은 바다와 강이 만나는 곳에 세워져 통관 절차를 밟는 용도였는데
한때는 감옥으로도 사용되었고 현재는 박물관으로 사용 중이다

아 중정을 바라보았다. 오랜 시간이 읽히는 수도원의 벽들과
바닥, 길게 늘어선 회랑, 작은 분수를 보고 있자니 갑자기 돌아
가신 부모님 생각이 났다.

성당에서 결혼해 평생을 독실한 가톨릭 신자로 살아오신 우
리 부모님은 늘 바쁘게 살아가는 우리 부부 대신 손주들을 정
성껏 키워주셨다. 하지만 갑작스러운 심장마비로 이별을 준비
할 시간이라고는 전혀 갖지 못한 채 세상을 떠나신 엄마. 나는
엄마의 부재를 받아들일 수 없었고 그 후로도 2년여 동안 엄마

가 돌아가셨다는 말을 입 밖으로 꺼낼 수가 없었다. 누구보다도 건강하셨던 아버지는 엄마가 가신 지 3년 만에 어이없는 사고로 세상을 떠나셨다. 부모님과 살아온 그간의 일들이 주마등처럼 스쳐 지나갔다. 급기야 병원에서 성가를 부르다 임종하신 아버지 얼굴이 떠오르며 눈물이 쏟아졌다.

이제 두 분은 하늘에서 잘 있으시려나, 여행 중인 우리도 보고 계시겠지 생각했다. 부모님이 잘 지내시기를, 부모님의 영혼을 위해 마음을 다해 기도했다. 기도하는 이 시간이 내겐 쉼이고 회복의 시간이었다. 찬란한 햇빛과 서늘한 그늘이 공존하는 이 공간에 언제까지라도 머물고 싶었다.

고즈넉함과 생동감이 공존하는 제로니무스 수도원

파스테이스 드 벨렝의
나타(에그타르트)

포르투갈에서는 에그타르트를 '나타(Nata)'라고 부른다. 나
타는 처음 제로니무스 수도원에서 시작되었다. 수도원에서 옷
을 다릴 때 달걀흰자를 사용했는데 남은 노른자로 만든 것이
나타였다. 제로니무스 수도원을 나오면 바로 근처에 나타의 원
조라는 '파스테이스 드 벨렝'이 있다. 원조 나타집을 그냥 지나
칠 수는 없다. 파란색 어닝이 눈에 띄게 깔끔한 이곳에도 많은
사람들이 줄을 서 있다. 우리도 얼른 줄을 섰다. 그런데 매장에
서 먹는 사람들의 줄과 사 가는 사람들의 줄, 이렇게 두 종류
의 줄이 있다는 걸 한참 후에야 알았다. 우리는 사서 가는 사람
들의 줄에 서 있었던 거다. 다시 매장에서 먹는 줄로 바꿔 섰다.
한참을 기다려 드디어 매장에 들어섰다. 드넓은 공간에 사람들
이 가득차 있다. 좌석이 무려 250개나 된다고 한다. 직원의 안
내에 따라 자리에 앉았다.

남편은 나타를 2개만 먹겠다고 한다. 나타의 원조인 곳에 와

서 달랑 2개는 너무 적은 거 아닌가? 나타 5개와 에스프레소, 주스를 주문했다. 물론 나타 3개는 내 거다. 한 입 베어 무는 순간, 그야말로 겉은 바삭하고 속은 촉촉하다는 말은 이럴 때 쓰는구나 싶었다. 완전 대만족이었다.

그 사이에 비밀번호를 다섯 번이나 틀려서 사용 정지된 월렛 카드에서 메일이 왔다. 상황을 설명하는 이메일을 보내두었는데 답이 온 것이다. 다시 조치했으니 월렛 카드 앱에서 실물카드를 활성화시키라고 한다. 안내에 따라 그대로 해보니 드디어 카드 결제가 가능해졌다. '파스테이스 드 벨렝'에서 아주 당당하게 카드를 내밀었다. 결제는 순조로웠고 가뿐한 마음으로 매장을 나왔다.

버스를 타고 지도를 검색해 LX팩토리로 갔다. LX팩토리는 아직 한국인들에게 잘 알려지지 않은 곳 같다. 낡은 건물들을 리모델링해 특이하고 재미있는 공간들로 재탄생된 곳이다. 식당, 서점, 카페와 술집, 공예품 가게들이 가득 들어서 있다. 건물들의 벽에는 재미있는 그림들이 가득하다. 이 골목 저 골목 공간을 둘러보는 내내 아름답고 서정적인 음악이 흘렀다.

높은 천장까지 책으로 쌓인 서점이 특히 인상적이었는데 곳곳에 책을 읽을 수 있는 편안한 의자들이 놓여 있다. 인쇄소를 리모델링한 서점인데 2층으로 올라가니 예전에 인쇄하던 기계가 그대로 남아 있다. 활자 인쇄를 어떻게 했는지 살펴보며 오래된 인쇄기의 매력에 홀라당 빠져버렸다. 인쇄 기계 곳곳에 흠뻑 담겨 있을 당시 사람들의 노고가 느껴진다.

특이한 카페들도 많다. 오래되어 한쪽 벽이 뚫려 있는데 그 벽을 그대로 살린 채 카페가 운영된다. 휑하니 부수어지고 뚫린 벽체를 제외한 나머지 공간은 세련미가 물씬 풍긴다. 담소를 나누며 차를 마시는 사람도, 와인을 마시는 사람도 모두 정겨워 보인다. 커다란 오크통에 술잔을 올려 두고 큰 소리로 웃고 떠드는 사람들도 있다. 흥겨운 장면을 보니 나도 흥겨워지고 즐거워진다.

나는 전혀 알지 못했던 LX팩토리, 남편이 적극적으로 가보자고 한 곳이다. 잘 모르는 곳이라 호기심이 일지 않았는데 남편이 찾아둔 자료를 슬쩍 훑어본 순간 '아, 여긴 꼭 가봐야겠다'라는 생각이 들었다. 놓치면 몹시 후회했을 그런 공간이었다.

제주로 이주하기 전에 우리는 오래도록 서울에 살았다. 서울의 도시 재생에 관심이 많았던 우리는 종종 도시 재생 현장을 탐방하곤 했다. 쇠락한 철물 공구의 거리 '세운상가'가 도시재생을 통해 '다시 세운'으로 재탄생한 현장을 보았고, 녹슨 철공소들이 가득한 문래동의 변모를 눈으로 확인했다. 오래되고 기울어가는 동네가 도새 재생을 통해 시민들의 사랑을 받는 힙한 공간으로 변모한 상황들을 보았다. 젠트리피케이션이라는

LX팩토리에 있는 서점
인쇄소를 리모델링한 곳으로 2층에는 예전에 쓰던 인쇄 기계가 그대로 놓여 있다

부작용을 어찌 극복해야 할지에 대한 고민과 함께 대안 모색에
관심도 많았다. 그래서인지 도시 재생의 현장 빌바오를 여행하
면서 그런 현장들이 눈에 들어왔고 내내 짜릿했던 것이다.

LX팩토리에 뉘엿뉘엿 해가 진다. 사람들은 점점 더 많아지고
분위기는 더욱 고조된다. 조금 더 여유 있게 둘러보고 싶었지만
이제 떠나야 했다. 파두(Fado) 공연과 함께 저녁 식사를 예약해
두었기 때문이다.

서둘러 우버를 불렀고 시간에 맞게 카페 루사에 도착했다. 이
곳은 파두 공연과 함께 코스 요리가 유명한 곳이다. 파두 가수

네 명이 차례로 나와 노래하다가 마지막에는 다 같이 열창을 했다. 파두 가수가 노래할 때는 식당의 손님 누구나 대화도 식사도 멈추고 공연에만 집중했다. 그게 규칙이란다. 공연도 음식도 멋졌다.

파두는 1820년대 리스보아에서 시작된 포르투갈의 전통 음악이다. 초기에는 노래와 춤으로 이루어졌으니 시간이 지남에 따라 점차 노래 위주로 정착되었다. 초창기 파두의 가사는 구전으로 전달되다가 1910년 이후 파두에 대한 정기간행물들이 출판되며 대중적으로 그 의미가 확산되었다고 한다.

파두는 운명, 숙명을 뜻하는 말로 애절한 멜로디와 가난한 이들의 삶을 다루는 가사가 많다. 한국에서 여행을 준비하며 파두에 대해 알게 되었다. 유튜브로 찾아보고 아말리아 로드리게스라는 파두 가수의 노래를 들었다. 마음을 파고드는 애잔함도 있고 동시에 열정적이면서 격정적인 느낌이었다.

리스보아에 왔으니 파두 박물관은 가봐야 한다. 파두 박물관은 관람객이 이해하기 쉽게 파두의 탄생 배경과 정착 과정, 그리고 파두를 이어온 가수들의 노래를 직접 들을 수 있도록 동선이 짜여 있다. 악기인 기타들과 파두의 배경이 된 생활사가 그림으로도 전시되어 있다. 박물관의 한 전시실에 들어서니 커다란 벽면에 파두 가수들의 사진이 가득 붙어 있다. 각 가수들

파두 박물관 내부
파두의 배경이 되는 그림 앞에서
설명을 듣고 있는 관람객

에게는 번호가 쓰여 있다. 관람객들이 입장할 때 리모컨을 주는데 그 리모컨으로 각 가수의 번호를 누르면 그의 노래를 들을 수 있다. 너무도 인상적이었다. 안락의자에 앉아 이 번호 저 번호를 누르며 헤드셋으로 여러 가수들의 노래를 들어보았다.

박물관 한편에는 '파두의 왕'으로 불리는 아말리아 로드리게스와 그의 동생 셀레스트 로드리게스의 삶을 읽을 수 있는 특별공간이 있다. 특히 셀레스트 로드리게스는 20세기 들어 파두의 부활에 중요한 역할을 한 뮤지션으로 무려 50년 동안 가수로 활동하다가 2018년 96세의 나이로 세상을 떠났다. 적절히 어두운 조명 아래 고요한 그 공간에 가만히 서 있으니 그에 대한 리스본 시민들의 자부심과 존경의 마음이 얼마나 큰지 느껴진다. 리스보아를 여행하는 사람들이 파두 박물관을 놓치지 않았으면 좋겠다.

숙소로 돌아오는 길에 시아두 광장을 지나게 되었다. 1905년에 만들어진 카페 브라질리아가 보인다. 야외 테이블에 앉아 에스프레소를 주문했다. 바로 옆 작은 광장에서는 늦은 밤인데도 불구하고 신나는 음악에 맞춰 길거리 공연이 펼쳐지고 있었다. 둘러싼 관객들이 하나가 되어 손뼉을 치며 열광했다. 춤과 노래에는 '젬병'인 나까지도 열렬히 박수갈채를 보내게 된다.

다음 날 오전 10시쯤 숙소에서 나와 28번 트램을 타러 갔다. 가는 길에 200년 된 빵집에 들르기로 했다. 이번에는 남편이 구글 지도를 보며 나를 안내했다. 그동안 대체로 내가 지도를 보는 역할을 맡았는데 그날따라 지겹기도 하고 귀찮기도 했다. 게다가 지도에 집중하다 보면 거리 구경을 제대로 하지 못한다. 이번 여행 전반의 기획과 일정은 남편이 짜고 나는 모르쇠로 일관하며 묻어가는 전략이었다. 다만 지도 보는 걸 재미있어하는 내가 현지에서의 안내 역할을 해왔던 거다.

이날은 남편이 지도를 보고 안내하기로 했고, 나는 그런 남편을 믿고 따라가기로 했다. 그저 거리를 둘러보며 넋 놓고 다니니 마음이 편안했다. 그러나 그것도 잠시, 부작용은 곧 나타났다. 남편의 안내에 따라 푸니쿨라를 타고 200년 된 빵집에 가기로 했는데 가도 가도 내릴 정류장이 안 보인다. 잘못 탄 거다. 어쩔 수 없이 언덕 어디쯤에선가 내렸다. 한참 동안을, 그것도 발목 골절의 후유증이 있는 사람에게는 쥐약인 계단을 아주 오래도록 걸어 내려왔다. 남편을 향한 눈이 절로 도끼눈이 되었다.

돌아 돌아 간신히 찾아온 콘페이타리아 나시오날(Confeitaria Nacional)은 피게이라 광장 앞에 있다. 1826년에 문을 연 빵집이다. 거리에 빵 굽는 향이 가득했다. 부드럽고 바삭해 보이는 페이스트리와 아메리카노 커피를 주문했다. 200년이나 된 전통 있는 빵집에 앉아 있다는 것 자체가 감동이었다. 분위기에 흠뻑 젖은 채 빵을 집어 드는 순간 발밑으로 비둘기들이 몰려온다. 바닥에 떨어진 빵 부스러기들을 주워먹으려는 거다. 그런데 비둘기가 한두 마리가 아니다. 사람 반, 비둘기 반일 정도로 많다. 햇빛을 좋아해 야외 테이블을 선호하는 문화이다 보니 카페든 식당이든 발아래로는 비둘기들이 흔하다. 새를 무서워하는 나는 발을 들고 이리저리 피했다. 빵이 입으로 들어가는지 코로 들어가는지 모를 정도로 정신이 혼미했다. 그 맛있는 빵을 대충 먹고 서둘러 일어섰다.

시공간을 넘어 연결된 사람들

코메르시우 광장과 닿아 있는 테주 강

은퇴 부부의 42일 자유여행

리스보아에 머무는 동안 하루의 일정을 코메르시우 광장에서 시작해 코메르시우 광장에서 마무리했다고 해도 과언이 아니다. 리스보아의 모든 길은 이 광장으로 통한다고 보면 된다. 트램도 버스도 그리고 테주 강을 헤치며 들어오는 페리도 이 광장으로 연결되어 있다.

코메르시우 광장은 ㄷ자형 노란색 회랑으로 둘러싸여 있는데 나머지 한 면은 테주 강과 닿아 있다. 광장의 중앙에는 커다란 기마상이 당당하게 서 있는데 그 주인공은 바로 호세 1세다. 호세 1세는 1755년 대지진으로 폐허가 된 리스본을 폼발 후작과 함께 재건한 왕이다. 광장 북쪽 아우구스타 거리로 통하는 길목에 흰색 대리석의 '승리의 아치(Triumphal Arch)'라는 기념비가 세워져 있다. 아치 맨 위에 새겨진 정교하고 아름다운 조각이 눈을 사로잡는다. 마리아 1세가 폼발 후작과 바스쿠 다 가마에게 월계관을 씌워주고 있는 모습이다.

숙소와 가까운 이곳을 매일 아침저녁으로 들렀다. 저녁 무렵의 코메르시우 광장에는 늘 사람들이 많지만 이날 따라 유난히 많았다. 전날과는 달리 색색의 불빛도 비추기 시작했다. 설레는 마음으로 가까이 가보니 레이저 쇼를 한다. 초록빛, 붉은빛, 보랏빛 각양각색의 불빛이 광장의 바닥부터 승리의 아치까지 비춘다.

아름다운 건축물에 서정적인 음악과 함께 화려한 불빛이 흐른다. 보는 내내 음악에 취하고 쉴 틈없이 변해가는 색색의 조명에 취했다. 제주에서 '빛의 벙커' 같은 미디어아트 전시를 몇 차례 본 적이 있다. 너무도 벅차고 아름다운 경험이었다. 그런데 지금의 이 순간은 드넓은 야외 광장에서, 그것도 오래된 아름다운 건축물을 배경으로 미디어아트가 펼쳐지고 있다. 마음이 벅차오르고 뻐근해진다. 뭔가 비현실적으로도 느껴진다. 아무 말도 하지 못한 채 한참 동안 그 시공간에 빠져들었다.

조명이 꺼지고 음악이 멈추어서야 비로소 정신이 돌아왔다. 광장에 있던 수많은 사람들도 그제야 말문을 연다. 다시 광장은 시끌벅적해졌다. 천천히 광장을 돌다보니 한쪽에 커다란 부스가 있다. 한자로 쓰인 안내판이 보인다. 확인해 보니 포르투갈과 역사적 관계가 있는 마카오 관광청 주최로 펼쳐진 행사다.

광장과 닿아 있는 테주 강 강변으로 산책하는 사람들이 많다. 우리도 강변을 따라 한참을 걸었다. 잠시 쉬려고 강변의 둑에 앉았는데 강가에 예술작품들이 즐비해 있다. 모래로 만든 악어는 비늘과 이빨까지 정교하게 표현되어 있다. 모래로 되어 있지만 단단해 보인다. 페인트로 색칠된 다양한 색깔의 돌들이 쌓여 작은 탑을 이루고 있다. 강가의 돌멩이들을 쌓아 올린 것이라도 쌓는 기법에 따라 예술작품이 되기도 한다. 자연물 그

레이저쇼가 펼쳐지는 코메르시우 광장

대로를 이용해 작품을 만들어내는 사람들을 보니 절로 감탄이 나온다. 사람들이 멈추어 서서 작품 한편에 마련되어 있는 커다란 바구니에 동전을 던져 넣는다. 작은 동전도 모이면 창작자들에게 힘이 되겠지 생각하며 우리도 동전을 넣어주었다.

강변의 둑에 앉아 시원한 저녁 바람을 맞으며 눈을 감고 고개를 흔들흔들해 보았다. 바람이 머리카락 사이로 흘러들어온다. 눈을 떠보니 앞에는 드넓은 바다가 펼쳐져 있다. 바로 대서양이다.

문득 말레콘 강가가 생각났다. 10여 년 전, 큰아이와 둘이서 쿠바로 배낭여행을 떠난 적이 있다. 그때는 여행하는 내내 한국 사람은 한 명도 보지 못했다. 그러다가 우연히 한국말을 조금 할 줄 아는 쿠바 청년을 만났다. 반가운 마음에 쿠바에 대한 궁금증을 그에게 쏟아냈다. 그의 말에 의하면 경제적 상황으로 집집마다 티브이가 있는 건 아니라고 한다. 별다른 오락거리가 없으니 저녁이면 사람들이 골목으로, 강가로 쏟아져 나온다고 한다.

아바나는 5월이어도 한낮에 거리를 다니기 어려울 정도로 찌는 듯한 더위였다. 우리도 숙소에 들어가 쉬다가 해 질 무렵이면 밖으로 나왔다. 어슬렁거리며 동네를 걷다가 말레콘 강가에 이르렀다. 길게 뻗은 강변으로 둑이 있고 쿠바 청년이 말한대로 둑 위 곳곳에 꽤 많은 사람들이 앉아 있다. 아기부터 할머니, 할아버지까지 가족으로 보이는 사람들이 두런두런 이야기를 나누고 있다. 종종 웃음이 터지기도 한다.

그들은 매우 다정해 보였고 풍요로워 보였다. 경제적으로는 어려움을 겪고 있지만 정서적으로는 편안하고 행복해 보였다. 그래, 이런 게 사는 맛이지. 이렇게 살아야 하는 거지, 하고 생각했다. 아들과 둘이서 나란히 앉아 그런 모습을 보고 있는데 옆에서 누군가 말을 걸어 온다.

낯선 동양인이 신기했는지 열두어 살 된 아이들이 다가와 어디서 왔는지 묻는다. '코리아'라고 말해주었더니 갑자기 "아, 꼬레아"라고 거의 탄성에 가까운 소리로 외친다. 아는 나라라며 무척이나 반가워한다. 급기야 근처에 있던 가족들까지 데리고 오더니 소개해준다. 반갑게 인사를 나누었다. 짧은 영어 몇 마디와 표정과 제스처로 대화가 이어졌다. 아이들이 너무도 귀여웠다.

긴 시간은 아니었지만 낯선 여행자에게 따뜻하고 정겹게 환대해주었다. 그들과 헤어지며 가지고 있던 부채 2개를 전했다. 아이들이 좋아하며 서로 갖겠다고 난리다. 장난치는 그 모습이 너무도 사랑스러웠다. 여행을 마치고 돌아와서도 쿠바를 떠올리면 생각나는 흐뭇한 장면이다.

테주 강가에 앉아 있는 사람들을 보는데 갑자기 아바나의 말레콘이 떠올랐다. 그 당시의 정겨움이 다시 되살아온다. 가만히 생각해 보니 아바나의 말레콘과 리스보아의 테주 강은 서로 상당히 멀리 떨어져 있는 곳이다. 그러나 이 둘은 대서양으로 서로 연결되어 있다. 지도상으로는 다른 대륙이지만 강으로 바다로 연결되어 있는 거다. 자연도 연결되어 있고 사람도 연결되어 있다. 이렇게 우리는 서로 연결되어 사는 게 아닐까. 마음 한편에 찡한 울림이 지나간다.

트램을 타고 카몽이스 광장과 아주다 궁전을 둘러보았다. 아줄레주 박물관까지 둘러보니 저녁이 되었다. 다시 트램을 타고 타임아웃 마켓으로 갔다. 드넓은 타임아웃 마켓은 매우 깔끔했고 무엇보다 다양한 종류의 음식들이 많았다. 식사도 커피

도 술도 마실 수 있는 공간들이 즐비했다. 천천히 둘러보다 토닉이 들어간 와인과 감자 퓌레를 곁들인 폴포를 주문했다. 폴포는 문어 요리다. 바칼랴우와 함께 포르투갈의 대표적 요리라 할 수 있다. 폴포는 말캉하면서 부드러웠고 간도 적당했다. 감자 퓌레는 달콤함이 입에서 살살 녹았다. 와인과도 궁합이 딱 맞았다. 일정이 많아 좀 피곤했지만 맛있는 저녁 식사로 몸과 마음이 회복되는 듯했다.

4월 25일은 포르투갈 혁명기념일이다. 1932년부터 40여 년간 국민들을 총칼로 억압하며 두려움에 떨게 한 살라자르 독재 정권에 맞서 쿠데타가 일어난 날이다. 살라자르 정권에 반기를 들고 일어선 혁명군들에게 거리의 시민들이 카네이션을 건넸고, 혁명군들은 그 꽃을 총구에 꽂아 핏빛보다 선명한 자신들의 의지를 보여주었다고 한다. 그래서 포르투갈 혁명을 카네이션 혁명이라고도 부른다. 4월 25일이 얼마나 중요한 날인지 테주 강에는 '4월 25일 다리'가 있을 정도다.

하루 종일 거리에서 축제가 열렸다. 가는 곳마다 광장에 사람들이 가득하다. 거리에 쏟아져 나온 사람들은 하나같이 빨간 카네이션을 들고 있거나 머리 혹은 옷깃에 꽂고 있다. 나도 카네이션을 하나 얻고 싶었으나 말할 기회를 놓치며 결국 얻지 못했다. 거리는 음악과 춤, 노래로 들썩인다. 흥겨운 음악과 함께 사람들이 잔뜩 둘러싼 곳이 있어 사이사이 헤치고 들어가 보았다.

두 사람이 음악에 맞춰 춤을 춘다. 그런데 가만히 보니 예사 춤이 아니다. 둘이 춤을 추는데 마치 겨루기를 하는 것 같다. 우리의 전통무술 택견처럼 주거니 받거니 서로에게 영향을 주며 동작이 이어진다. 알고 보니 이 춤은 '카포에이라(Capoeira)'라는 전통 춤이다. 브라질 흑인들의 전통 춤과 무술이 결합한 것인데, 예전 아프리카 노예들의 무술 연습에서 유래되었다고 한다.

당시 노예들에게 무술 연습은 금지되었는데 그렇다고 가만히 있을 수 없던 그들은 음악에 맞춰 춤을 추듯, 춤 동작을 변형해 무술을 연마했다고 한다. 카포에이라는 이 무술 연습에서 유래된 것이다. 억압에 맞서고자 한 절실함이 묻어 나오는 이 춤을 보고 있자니 흥겨움과 동시에 서글픔도 느껴진다. 카포에이라

4월 25일에 열리는 카네이션 혁명 축제

는 현재 유네스코 인류무형문화유산으로 지정되어 있다.

  길을 걷다가 혁명기념일을 축하하는 합주단을 만났다. 걸으며 연주를 하고 있다. 빨간 카네이션을 든 시민들이 이들을 뒤따르면서 손뼉 치고 호응하며 분위기를 고조시킨다. 길 위의 가판대에서는 작은 잔으로 한 잔씩 술을 팔고 있는데 포르투갈의 전통주인 진자다. 진자는 계피와 물, 설탕을 넣고 발효시킨 체리주다. 그런데 특이하게도 술잔이 초콜릿이다. 술을 한 잔 마신 후에 술잔인 초콜릿도 먹는 거다. 남편과 나도 한 잔씩 사서 마셨다. 술잔인 초콜릿도 오도독오도독 씹어 먹었다. 독한 술 한 잔 후 입 안에 달콤쌉싸름함이 가득 퍼진다.

모두가 기뻐하는 포르투갈 혁명의 날을 축하하며 우리도 그 분위기를 만끽하고 싶었다. 호시우 광장에 도착했는데, '아 진자냐'라는 진자가 유명한 술집이 있다. 사람들이 줄을 서 진자를 사고, 광장에는 진자를 마시는 사람들이 가득하다. 흘린 진자로 인해 광장의 바닥은 이미 끈적끈적해져 있다. 나도 한 잔 하려고 줄을 섰다.

　주문하려고 보니 한 잔 사서 그걸 누구 코에 붙이냐 싶어 그냥 한 병을 샀다. 달콤한 향의 진자냐, 그 자리에서 연달아 두 잔을 마셨다. 크아, 속에서 뜨거운 기운이 올라온다. 도수를 확인하니 무려 23도다.

　왁자지껄 사람 가득한 광장에서 포르투갈 혁명기념일 축제의 현장에 있다는 것 자체가 감동이었다. 밤늦게까지 거리를 다니며 축제를 즐겼고 군사독재 시절을 경험한 한국의 국민으로서 나도 그들에게 열렬한 응원의 마음을 보냈다.

3

붉은 땅 모로코에서 만난

따뜻한 사람들

아잔이 들리면 거리에 있던 남자들은 모두 모스크로 들어가고
광장에는 여성들과 아이들만 남는다.
아잔 소리와 함께 석양의 쿠투비아 모스크 탑이
한층 더 운치 있게 보이며 절로 상념에 잠기게 한다.
아잔이 이렇게 평화롭고 아름다운 소리인 줄 미처 몰랐다.

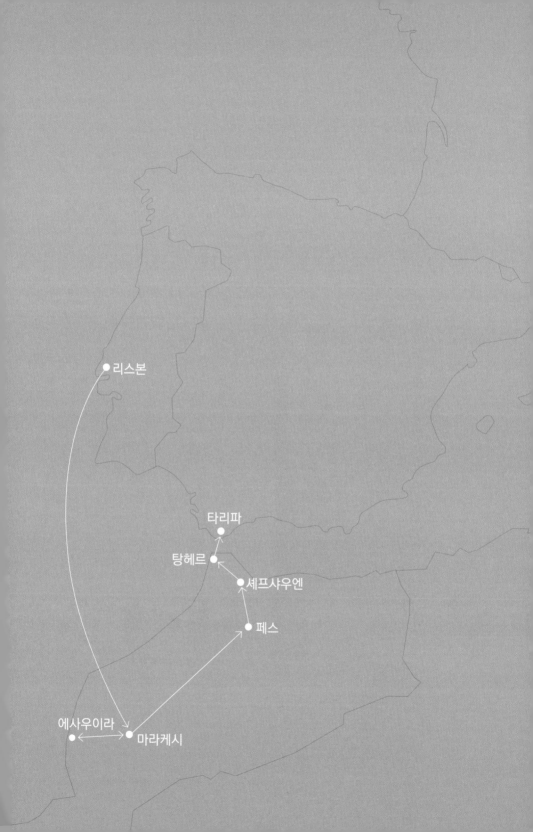

모로코 픽업 기사는
왜 호텔로 가지 않았을까

유럽 대륙의 서쪽 끝 호카곶 기념탑

은퇴 부부의 42일 자유여행

포르투갈을 떠나기 전, '유럽 대륙의 서쪽 끝'으로 알려진 곳을 가보고 싶었다. 바로 호카곶(카보 다 호카)이다. 리스보아에서 신트라까지는 기차를 탔고 신트라에서 버스를 갈아탄 후 호카곶 정류장에서 내렸다.

버스에서 내리니 노란 들꽃 가득한 드넓은 초록의 평원이 펼쳐져 있다. 저 멀리 십자가가 달린 높은 탑이 보인다. 굽이굽이 휘어진 길을 천천히 걸어 탑에 도착했다. 호카곶을 상징하는 기념탑이다. 돌을 쌓아 만든 돌탑으로, 손톱만큼의 빈 공간도 허락하지 않는 듯 빈틈이 없다. 이음새가 단단하고 견고해 보인다.

탑의 중앙에 글씨가 쓰여 있다. 구글 번역기로 돌려 보니 '여기 육지가 끝나고 바다가 시작된다(카몽이스)' 그리고 '유럽 대륙의 최서단'이라고 한다. 카몽이스는 16세기에 활약한 포르투갈의 시인이며 리스보아에는 그의 이름을 딴 '카몽이스 광장'도 있다.

나는 돌탑에 손을 뻗어 손바닥을 대고 천천히 돌며 걸었다. 돌의 단면이 살짝 거칠기도 하지만 햇빛에 달구어진 터라 따스하다. 이 느낌에 전율하며 돌탑에게 속삭였다. "아주 먼 곳에서 우리가 왔어. 반가워."

촤르륵 촤르륵 철썩이는 파도 소리가 가득한 바다, 대서양이다. 유럽 서쪽 끝의 땅은 가파른 경사로 바위를 드러낸 채 대서양 바다와 맞닿아 있다. 바람을 정면으로 맞으며 대서양을 마주하고 앉았다.

잔잔해 보이는 것과는 달리 꽤나 거친 파도 소리와 함께 시원한 바람이 휘몰아치며 온몸을 감싼다. 한국의 최남단 섬 마라도를 갔을 때도 마음이 일렁거렸는데 유럽의 맨 서쪽 끝의 땅에 우리 둘이 나란히 앉아 있다는 게 너무도 감격스러웠다. 한참을 말없이 앉아 바다만 바라보며 바다에 마냥 심취해 있었다.

갑자기 근처에서 익숙한 소리가 들린다. 저절로 귀가 쫑긋거려진다. 익숙한 소리, 한국말이다. 정신이 번쩍 들었다. 돌아보니 20대로 보이는 젊은 여성 세 명이 재잘거리며 연신 하하 호호한다. 바닷가 돌담에 앉았다가 기념탑을 돌다가 서로 사진을 찍어주며 즐거워한다.

슬쩍 다가가 말을 건넸다. "사진 찍어 드릴까요?" 했더니, "어머, 한국인이세요? 반갑네요. 그럼 부탁드려요" 한다. 이리저리 다른 배경으로 몇 컷 찍어주니 좋아한다. 다 찍고는 그들도 우리를 찍어주겠단다.

여행을 다니다 보면 서로 찍어주기는 하는데 함께 찍기는 쉽지 않다. 우리가 해보니 그랬다. 여행 기간 내내 둘이 찍은 사진은 거의 다 셀카다. 내 팔도 그렇지만 남편의 길지도 않은 팔은 뻗어봤자라 얼굴이 크게 나온 사진밖에 없다. 대부분은 남편

얼굴이 크게 나온다. 그들의 손을 빌려 기념탑을 배경으로 멀찌 감치 사진을 찍었다. 찍어준 사진을 보니 무척 마음에 든다.

우리에게 부부냐고 묻더니 너무나 부럽다고 한다. 자기들도 나중에 결혼하면 이렇게 살고 싶단다. 심지어 롤 모델이란다. 부드러운 미소를 띠며 '너네들도 살아 봐라'라고 속으로 말했다.

리스보아에서의 마지막 날, 스테인드글라스 벽걸이와 도시의 풍경을 스케치한 책 등 몇 개의 기념품을 샀다. 이제 포르투갈을 떠나 모로코로 간다. 모로코라는 나라 자체가 낯설 뿐더러 아프리카 대륙에 발을 딛기는 처음이다.

애초에 여행 계획을 세울 때는 스페인과 포르투갈만 가는 것으로 계획했다가 나중에 모로코를 추가했다. 모로코는 남편이 간절히 원한 곳이다. 전생에 자기는 황량한 사막에서 모래 바람을 맞으며 살았을 거라며 모로코의 붉은 모래가 자꾸 떠오른단다. 뭐라는 거야 싶었지만 아프리카 대륙을 가본다는 것만으로도 호기심이 발동해 나도 좋다고 했다.

리스보아에서 마라케시까지는 이지젯 비행기를 탔다. 어쩌다 보니 저녁에 출발하는 비행기였고 마라케시까지는 1시간 반 정도 걸린다. 도착 안내 방송이 나오기에 아래를 보니 불빛 가득한 도시가 보인다. 모로코의 수도 마라케시다. 마음이 콩닥콩닥거린다.

마라케시 국제공항에 도착한 시간은 밤 9시, 이미 깜깜하다. 입국심사장에 들어서니 다양한 인종의 사람들이 가득하다. 벽과 안내판에 나로서는 도통 알 수 없는 도형 같이 생긴 아라비아 글씨가 적혀 있다. 나란히 프랑스어도 적혀 있는데 이것 역시 몹시 낯설다. 간단한 영어로 입국 심사를 마치고 밖으로 나왔다.

모로코는 너무도 낯설어 우리 힘으로 숙소를 찾아갈 자신이 없었다. 며칠 전에 남편은 예약해 둔 숙소로 메일을 보내 공항에서 숙소까지의 픽업을 부탁해 두었다. 남편은 영어로 말하는 걸 극도로 싫어했지만 메일을 주고받는 건 비교적 능숙하게 잘하는 것 같았다.

메일의 답이 왔는데 픽업이 가능하다고 했고 비용이 예상보다는 비쌌지만 어쩔 수 없었다. 밖으로 나오니 픽업할 운전기사가 우리 이름이 쓰여 있는 종이를 들고 기다리고 있었다. 비행기가 연착해서 한참을 기다렸을 것이다. 미안하고 고마웠다. 짧은 영어로 인사하고 짐을 챙겨 밖으로 나왔다.

공항 청사 밖으로 나와 보니 마라케시 국제공항 청사는 규모가 클 뿐 아니라 놀라울 정도로 외관이 아름다운 건축물이다. 택시를 타기까지 몇 번이나 뒤돌아보았다. 숙소까지 가는 동안 그는 곳곳을 친절하게 설명한다. 대충 알아듣고 짧게 "뷰티풀!"

을 연발했다.

20분 정도 달려 택시는 멈췄고 우리에게 내리라고 한다. 그런데 이상하다. 숙소 앞이 아니다. 혼을 쏙 뺄 정도로 시끄럽고 사람들이 가득한 시장통 같은 곳에 서더니 내리라는 거다. 어두워서 잘 보이지도 않았지만 얼떨결에 내렸다. 그때 어디서인지 갑자기 사람들 서넛이 나타나더니 우리 캐리어를 웬 리어카에 싣는 것이다. 그러더니 리어카를 끌고 마구 달리기 시작한다. 앗! 이게 뭐지? 우리 짐을 여기서 도둑맞는 건가 싶었다. 정신을 차리고 눈을 크게 뜬 채 리어카를 놓칠세라 마구 쫓아갔다. 몇 분을 달려가 이리저리 골목을 누빈 후에야 리어카가 멈췄다. 그러고는 "히어"라고 한다. 주소를 보니 우리가 예약한 숙소 앞이다. 쓸데없는 걱정이었다. 왜 택시가 숙소 앞까지 안 가고 중간에 리어카로 짐을 옮겼는지는 다음 날 알게 되었다.

숙소는 모로코식 전통 호텔인 리아드다. 안으로 들어서자 은은하면서도 익숙한 향이 코를 간질인다. 젊은 모로코 청년이 친절하게 맞아 주었다. 체크인하는 동안 웰컴 티를 준비해 두었다며 응접실에서 기다리란다. 테이블에는 따뜻한 티가 담겨 있는 은색 주전자와 아라비아 문양의 유리컵이 놓여 있다.

실내에 가득한 향을 맡으며 따뜻한 티를 따라 마시니 몸이 노곤해지며 긴장이 풀렸다. 극도로 긴장했던 조금 전까지와는

모로코 전통 호텔인 리아드의 로비

달리 무사히 도착했다는 것만으로도 안심이 되었다. 체크인을 마치고 안내에 따라 2층으로 올라가 방으로 들어섰다. 깔끔하게 정리된 침구와 적당히 소박한 가구가 눈에 들어왔다.

침대에 벌러덩 누웠는데 급격히 허기가 몰려왔다. 밖으로 나가서 저녁을 먹기로 하고 숙소에서 가까운 제마 엘프나 광장으로 갔다. 밤 10시가 넘었는데 광장에는 입이 쩍 벌어질 정도로 어마어마한 사람들이 모여 있었다. 그리고 곧이어 평생 잊지 못할 충격적인 장면을 목격하게 되었다.

은퇴 부부의 42일 자유여행

천년 도시의 아름다움,
비록 양 머리는 무섭지만

모로코는 1956년 프랑스 식민 통치로부터 독립해 현재는 입헌군주제로 왕이 실질적인 통치를 하고 있다. 아프리카 북서쪽에 위치해 있으며 북쪽으로는 지중해, 서쪽으로는 대서양과 접해 있다. 스페인, 포르투갈, 프랑스 등 서구 열강의 탐욕의 대상이 되면서 모로코의 항구 도시들은 보급항의 역할을 하게 되었다고 한다. 우리가 익히 아는 영화로 유명한 카사블랑카가 그 대표적 항구 도시다. 아랍인과 베르베르인이 대다수이며 종교는 이슬람교다. 아랍어를 사용하지만 프랑스어도 공용어로 쓰고 있다.

밤 10시가 넘었음에도 제마 엘프나 광장에는 사람들이 가득하다. 입이 쩍 벌어질 정도로 어마어마한 규모의 사람들이다. 휘황찬란한 조명들이 켜진 노점들이 열을 맞춰 늘어서 있고 호객하는 사람, 흥정하는 사람, 구경하는 사람들로 가득하다.

밤늦게 숙소에 도착한 우리는 배가 몹시 고팠고 일단 식당을 찾았다. 제마 엘프나 광장의 점포들은 거의 좌판이고 식당들도 그렇다. 고기와 해산물 바비큐를 하는 곳들이 많고 점포마다 관광객들이 가득하다. 우리도 광장 중앙으로 들어섰다. 호객하는 사람들 사이를 지나 어느 점포 앞에 섰다. 그 순간, 눈에 무언가가 들어왔는데 내게는 너무도 충격적인 장면이었다.

절로 비명이 나왔다. 그 자리에서 어떻게 나왔는지 기억이 안 날 정도로 무서웠다. 나를 극도의 공포로 몰아간 그 무언가는 바로 양의 머리였다. 양의 머리들이 바비큐가 되어 음식 진열장에 놓인 채 손님들을 맞이하고 있던 것이다. 평소 생선 대가리도 잘 보지 못하는 나로서는 그 장면이 너무도 충격이었다. 전혀 예상치 못한 무방비 상태에서 정면으로 딱 마주했기에 더 충격으로 다가온 것 같다. 피하려야 피할 수가 없었다.

이후엔 남편의 손과 팔을 두 손으로 꼭 부여잡고 눈을 내리깐 채 땅바닥만 쳐다보며 다녔다. 긴장을 풀 새라 남편은 "여기도 있다, 여기도 또 있다"라고 일러주었다. 그럴 때마다 나는 온몸에 절로 힘이 들어간 채 남편을 놓칠세라 딱 붙어 다녔다. 나같은 '쫄보'에게 대체 이게 뭔 일인지, 어떻게 이런 일이 내게 일어나는지, 머릿속에 온통 그 생각뿐이었다. 계속 이러면 나는 앞으로 어떻게 다니나, 왜 이런 곳에 나를 데려왔나 남편이 원망스러웠다.

얼만큼이나 걸었을까. 남편이 괜찮은 곳이 있다며 들어가자고 한다. 중앙의 노점들을 벗어나서 가장자리에 있는 식당이다. 자리에 앉으니 맥이 빠지며 온몸이 축축 처지고 가라앉는 것 같다. 크게 한숨 쉬며 정신을 차리고 마음을 진정시켰다. 그제야 숨이 돌아오고 정신이 든다. 남편은 계속 나를 안심시키며 위로하는데 그래도 걱정이 놓이는 건 아니었다. 주문한 파니니와 주스를 먹는데 무슨 맛인지 느껴지지 않는다. 그래도 음식이 들어가니 조금은 진정이 되는 것 같았다.

왜 식당 점포에 양의 머리들을 걸어두는 걸까? 나중에 알고 보니 사막을 끼고 있는 나라의 문화는 고기가 신선한 식재료임을 증명하기 위해 바로 잡은 동물의 머리를 걸어두는 것이라고 한다. 그래서 고기도 채소도 모두 개별 포장을 하지 않고 보여주면서 판매한단다.

시간이 지나며 차츰 마음의 안정을 찾았다. 내게는 충격이고 보기에 버겁지만 그 나라의 고유한 문화일 테니 존중하자고 마음먹었다. 하긴 내가 잘 안 봐서 그렇지 우리나라 재래시장에도 돼지머리가 통째로 즐비해 늘어서 있긴 하다. 남편 말에 의하면 스페인 재래시장에서도 양의 머리부터 몸통까지 통째로 진열해 둔 것을 보았다고 한다. 내가 무서워할까 봐 말하지 않고 애써 가리며 못 보게 했단다.

　다음 날 아침 어제의 그 광장으로 다시 나왔다. 제마 엘프나 광장은 숙소에서 아주 가까웠고 어디를 가려고 해도 그 광장을 지나야 했다. 아침이 되자 놀랍게도 그 넓은 광장이 텅 비어 있다. 영업을 마감한 점포들이 천막을 두른 채 군데군데 있고 청소 차량이 이리저리 다니며 청소를 하고 있다. 어젯밤 정신을 쏙 빼놓은 그 화려했던 광장이 맞나 싶을 정도로 차분하고 조용했다.

　이 장면을 보니 비로소 알게 되었다. 어제 공항에 마중 나온 픽업 기사가 숙소 앞까지 가지 않은 까닭을. 저녁의 광장은 차량이 드나들 수 없을 정도로 점포와 사람들이 가득했고 리아드로 들어가는 좁은 골목은 차가 다닐 수 없었던 거다. 그래서 광장 입구에서 택시가 섰고, 이후엔 리어카로 숙소까지 우리 짐을 날라 주었던 거다.

　그것도 모르고 야밤에 낯선 모로코까지 와서 급기야 짐을 도둑맞는 줄 알고 기겁을 했던 거다. 연유를 알고 보니 이제야 웃음이 나온다. 사막 도시는 햇빛이 뜨거워서 골목을 좁게 만들고 이웃한 집의 그림자로 햇빛을 가린다고 한다. 동시에 좁은 골목은 외적의 침입을 방어하는 데 도움이 되기도 한단다.

　마라케시에 머무는 3일 동안 제마 엘프나 광장을 수시로 지나다녔다. 제마 엘프나 광장은 전 세계의 관광객들이 찾는 곳으로 마라케시의 중심이라 할 수 있다. 광장의 주변으로는 레스토랑과 카페들이, 광장의 중앙에는 천막을 친 노점들이 가득하다. 광장에는 온갖 먹을거리, 마실거리, 구경거리들이 한가득이다.

　과일 가게 상인은 산처럼 높이 쌓인 과일을 즉석에서 갈아 주스로 만들어 지나는 사람들에게 일단 먹어 보라고 권한다. 먹어 보면 맛도 있고 가격도 저렴해서 안 살 수가 없다. 특히 오렌지 주스가 달콤하고 상큼했다. 낮의 광장에서는 갖가지 볼거리가 있고 밤의 광장에는 음악 공연이 있다.

제마 엘프나 광장
피리 소리와 함께 보이는 코브라

어디선가 피리 소리가 나서 가보았다. 피리를 부는 사람 앞에 나란히 코브라들이 고개를 들고 있다. 동화책이나 영화 속에서나 본 장면이다. 코브라가 무섭기는 했지만 귀한 장면이니 그냥 지나칠 수가 없다. 피리 소리에 맞춰 코브라가 마치 춤을 추는 듯하다.

위아래로 빨간 옷에 빨간 가운을 걸치고 빨간 원통 모자를 쓴 사람이 긴 나무 목발 위에 서서 호객 행위를 하고 있다. 모자에도 윗옷에도 녹색 별이 그려져 있다. 빨간 바탕에 녹색 별은 모로코의 국기를 상징한다. 사진을 찍자고 하는데 함께 사진을 찍으면 돈을 내야 한다. 굳이 그러고 싶지는 않아 사양했

모로코 국기 문양의 옷을 입고 호객하는 사람

은퇴 부부의 42일 자유여행

다. 지나고 보니 함께 사진을 찍을 걸 그랬나 싶다.

마라케시는 모로코 중부 내륙에 있는 천년 된 도시다. 황톳빛의 아름다운 건축물 모스크들이 자주 눈에 띈다. 제마 엘프나 광장 외곽 한편에 있는 쿠투비아 모스크는 규모도 컸지만 파란 하늘을 배경으로 한 높은 첨탑이 너무도 아름다웠다. 특히 창문이 눈에 띄게 멋졌다. 이 아름다운 쿠투비아 모스크는 세계문화유산으로 지정되어 있다.

마라케시에 머무는 동안 저녁 무렵이면 쿠투비아 모스크 근처에 앉아 지나는 사람들을 바라보곤 했다. 옆을 보니 주민들로 보이는 히잡을 쓴 중년의 여성들도, 남성들도 돌계단에 앉아 시간을 보내고 있다. 아이와 함께 아이스크림을 맛있게 먹는다. 저쪽에서는 남자아이들이 축구를 한다. 모두 여유롭고 평화롭게 보인다.

이슬람은 하루에 다섯 번의 기도를 바치는데 모스크의 높은 탑에서 기도 시간임을 알리는 소리가 들린다. 이 소리를 아잔이라고 한다. 아잔이 들리면 거리에 있던 남자들은 모두 모스크로 들어가고 광장에는 여성들과 아이들만 남는다. 아잔 소리와 함께 석양의 쿠투비아 모스크 탑이 한층 더 운치 있게 보이며 절로 상념에 잠기게 한다. 아잔이 이렇게 평화롭고 아름다운 소리인 줄 미처 몰랐다.

평화로운 상념에 잠겨 있는데 갑자기 큰 소리의 팝 음악 소리가 나며 그만 볼썽사나운 꼴을 보게 되었다. 관광객으로 보이는 금발의 두 젊은 남녀가 댄스음악을 크게 튼 채 춤을 추고 있는 거다. 여성은 춤을 추고 남성은 동영상을 찍는다. 찍은 영상을 보고는 마음에 들지 않는지 몇 번이고 다시 춤을 추고 영상을 찍는다.

남의 나라에 와서, 더구나 그 나라 사람들이 신성하게 생각하는 모스크 앞에서 서양 음악을 크게 틀고 노출이 심한 옷을 입은 채 춤추고 떠드는 건 예의가 아닌 것 같다. 종교가 다르더라도, 문화가 다르더라도 서로의 종교와 문화를 존중해야 하는 것이 아닌가.

여행에서 돌아온 지 얼마 되지 않아 뉴스에서 모로코 지진 소식을 들었다. 안타깝게도 수많은 사상자가 생겼고 쿠투비아 모스크의 첨탑이 일부 손상되었다고 한다. 지금 이 시간, 희생자들의 영혼을 위해 기도드린다.

마라케시 수크는 대형 재래시장으로 그 규모가 어마어마하다. 한번 들어가면 자칫 길을 잃기 쉽다. 좁은 길을 따라 온갖 점포들이 자리 잡고 있는데 의류와 가죽제품, 식품과 향신료, 가죽제품과 온갖 수공예품, 그릇과 신발들까지 없는 게 없다. 몇 시간을 다녀도 계속 새로운 길이 나온다. 길을 잃지 않으려

이슬람 신학교 벤 요제프 학교

고 틈틈이 구글 지도를 켜고 다녔고 드디어 벤 요제프 학교까지 왔다.

벤 요제프 학교는 이슬람 신학을 가르치는 학교로 14세기 중반에 만들어진 유서 깊은 학교다. 1960년에 폐교되었는데 900여 명의 학생들이 기숙하며 공부했다. 이런 학교들이 종교와 더불어 찬란한 이슬람 문화와 과학 지식을 전수하고 유럽으로 전파하는 역할을 했다고 한다.

입장권을 끊고 들어가 천천히 둘러보았다. 1층에는 아름다운 중정이 있고, 2층은 학생들의 기숙사다. 중정을 가운데 두고 사방에는 회랑이 있는데 뜨거운 햇빛은 그늘진 회랑으로 들어서는 순간 사라지며 순식간에 시원함을 느끼게 된다. 전체 건물은 조형미가 뛰어나다. 흰색의 벽은 화려하면서도 정교한 아라베스크 문양이 가득하다. 바닥과 일부 벽에 부착된 색색의 타일은 단조로움에 변화를 가져오고 생동감을 준다.

벤 요제프 학교에서 나와 걷다 보니 힘들기도 하고 뜨거운 햇빛에 지치기도 했다. 이제 시원한 카페를 찾아 쉬어야 한다. 적당한 카페가 눈에 보여 남편에게 들어가자고 했다. 남편은 예의 그 호기심이 또 발동했다. 조금 더 가면 더 좋은 곳이 나올 수도 있다며 또 나를 끌고 간다. 더위에 취약하고 다친 발목으로 인해 오래 못 걷는 나는 머리가 끓어올랐다. 벤 요제프 학교에서 충만해진 내 평화로운 영혼은 멀리 달아나고 울화가 치밀어 오른다. 순간 버럭 소리를 질렀다.

"그만 가고 여기로 들어가!"

걷다가 맞은 새똥,
소리 지르다 웃고 말았다

에사우이라는 모로코의 서남부이자 대서양과 맞닿아 있는 항구 도시다. 마라케시와 페스에 비해 규모는 작지만 파란색의 배로 가득 찬 포구와 그 포구에서 직접 구워주는 생선구이가 유명해 여행자들이 많이 찾는 곳이다.

항구 도시 에사우이라에도 메디나가 있다. 메디나는 원래 사우디아라비아에 있는 이슬람의 성지인 도시 이름이지만 아랍의 여러 도시에서는 올드 타운을 뜻하기도 한다. 마라케시, 에사우이라, 페스 등 모로코의 어느 도시를 가도 메디나로 불리는 구시가지가 있다. 메디나에는 진흙을 다져 만든 오래된 붉은빛 건물들, 비좁은 미로의 골목들, 전통시장 수크와 광장 그리고

시타델에서 내려다본 포구
파란색 작은 배들이 가득 정박해 있다

은퇴 부부의 42일 자유여행

이슬람 사원 모스크 등이 있어 그 자체로 호기심을 자극한다. 에사우이라의 메디나는 세계문화유산이기도 하다.

마라케시에 머물며 인근에 있는 에사우이라에 가보기로 했다. 아침 일찍 서둘러 제마 엘프나 광장으로 나오니 택시가 즐비하게 늘어서 있다. 에사우이라로 가는 CTM 버스터미널까지는 택시를 타야 한다. 모로코에서 택시를 타려면 일단 흥정을 잘해야 한다. 안내 책자에서 그렇게 읽었다. 검색해 보니 터미널까지는 택시로 약 10분이다. 택시 기사가 다가오더니 100디르함을 부른다. 우리는 고개를 저었다. 그랬더니 70디르함을 부른다. 또 고개를 저었다. 두어 차례 실랑이를 하다 40디르함(약 5,400원)에 합의를 보고 택시를 탔다. 적당한 가격인지 아닌지 모르지만 이렇게 흥정을 해 본 게 언제인지, 재밌기도 하고 뿌듯하기도 해서 우리는 서로를 보며 웃었다.

터미널에 도착해 출발 시간까지 기다리는 동안 근처를 둘러보았다. 맞은편에 간단한 음식을 파는 작은 식당으로 들어갔다. 희한하게도 짧은 영어조차 전혀 안 통하는 주인과 주문할 메뉴에 관해서는 소통이 잘된다. 밀가루 반죽을 넓게 펴서 구운 후 돌돌 말아 낸 음식과 우리네 호떡과 비슷하게 생긴 음식이 나왔다. 모로코 전통음식인 듯하다. 단맛의 시럽이 있어 그런지 맛도 괜찮았고 오렌지 주스도 시원하고 상큼했다.

중간에 한 번 휴게소에서 쉬고 버스는 3시간을 달려 에사우이라 버스터미널에 도착했다. 메디나까지는 택시를 탔는데 여기선 흥정할 필요가 없었다. 몇 분 안 가서 도착했고 7디르함을 내란다. 적게 내니 마치 돈이라도 번 것 같아 기분이 좋았다.

메디나의 중앙으로 들어서자 파란색과 흰색의 건물들이 늘어서 있고 도로의 양쪽은 모두 시장이다. 옷이나 신발, 그릇 같은 생활용품을 파는 상점들이 가득한데 널찍한 통로에는 사람들이 오가다 쉴 수 있도록 돌 의자들도 놓여 있다. 곳곳에서 사람들이 버스킹을 하며 노래도 하고 춤도 춘다. 식당에 들어가 점심을 먹는데 페즈(챙 없이 머리에 얹는 동그란 모로코 모자)를 쓴 남자 세 명이 연주를 하며 들어온다. 연주에 대한 감사의 표시로 동전을 넣어주었다.

남편은 모로코 전통음식인 타진을 주문했고 고기를 안 먹는 나는 칼라마리를 주문했다. 칼라마리는 오징어 요리다. 칼라마리를 포크로 찍어 허기진 배를 채우려는 순간, 발밑으로 무언가 왔다 갔다 한다. 고양이다. 그런데 고양이가 한두 마리가 아니다. 스페인 식당에 비둘기가 천지라면 모로코 식당엔 고양이가 천지다. 이슬람 나라들에선 고양이가 귀한 대접을 받는다.

알고 보니 이슬람교의 창시자 무함마드가 고양이에 대한 박해와 살해를 금지한 이후 고양이는 이슬람 국가들에서 숭배받

에사우이라 메디나에서
버스킹하는 가수

는 동물이란다. 그러고 보니 고양이는 식당뿐 아니라 사람들이
앉는 버스터미널 의자에도 앉아 있었다. 길을 다니다 보면 고양
이는 살도 통통하고 털도 반짝반짝 윤기가 난다. 대신 개는 천
대받는다. 특히 검은 개는 악마라고 여긴단다. 가끔 눈에 띄는
개는 비쩍 마른 채 돌아다니는데 안쓰럽고 불쌍했다.

항구의 끝에 기다란 성채가 보인다. 시타델이다. 중세 이후에
세워진 것으로 알려진 시타델은 도시를 방어하는 목적으로 만
들어진 요새다. 입장료를 내고 들어갔다. 성벽에는 대서양을 향

해 대포가 설치되어 있고 바닥에는 죄수를 가두던 감옥도 있다. 성채의 높은 곳에 오르니 에사우이라 항구에 정박해 있는 수백 척의 파란색 배들이 한눈에 들어온다. 작은 파란 배들이 이렇게나 많이 한꺼번에 모여 있다니 놀라웠다.

그 옆에는 어선에서 내린 방금 잡은 신선한 물고기들을 파는 노점들이 있다. 그리고 즉석에서 구워주기도 한다. 테이블과 의자들이 가득한데 빈자리가 없을 정도로 사람이 많다. 호기심 천국인 남편은 궁금해했고 또 신선할 테니 직접 가서 먹고 싶어 했다. 물고기 손질하는 걸 못 보는 나는 그 장소에 들어가지 못할 뿐더러 비린내가 너무 심해 근처를 지나기도 힘들었다. 나는 다른 곳에 있을 테니 혼자 가서 먹고 오라고 몇 번이나 말했지만 남편은 그럴 수 없다며 한 바퀴 둘러본 후 돌아왔다. 그러곤 지금은 안 먹고 온 걸 후회하고 있다.

사실 나는 시타델에 들어가고 싶지 않았다. 갈매기들이 하늘을 덮을 정도로 가득했기 때문이다. 난 새도 무서워한다. 안 가겠다는 내게 남편이 강권하기도 했고, 여기까지 왔는데 나중에 후회하지 말고 가자는 생각도 들었다. 갈매기들은 사람을 전혀 겁내지 않고 어깨 위로, 머리 바로 위로, 심지어 얼굴 옆으로도 무리 지어 마구 날아다닌다. 움찔움찔 놀라며 절로 고개가 숙여지고 어깨가 굽어졌다.

그러다가 갑자기 손등에 시원한 뭔가가 떨어졌다. 내려다보니 하얀색 액체다. 맙소사, 갈매기 똥이다. 으악, 소리를 질렀고 남편은 휴지를 꺼내 닦아주면서 뭐가 그리 좋은지 신나하며 연신 웃는다. 하다 하다 이젠 새똥까지 맞다니, 놀라기도 하고 기가 막히기도 했다. 새똥을 닦고 한숨 돌리니 예전 생각이 났다. 아이들이 어릴 때 한참 읽어 주었던 동화책 『누가 내 머리에 똥 쌌어?』가 떠오르며 배시시 웃음이 나왔다. 새똥을 맞은 건 당황스러웠지만 지금 돌이켜보면 자꾸만 웃음이 배어 나오는 장면이다.

시타델에서 나와 길게 펼쳐진 해변을 걸었다. 해변을 따라 카페 몇 개가 들어서 있었다. 한 곳에 들어가 에스프레소를 마시는데 바다엔 파도를 타며 카이트서핑을 하는 사람들이 꽤 많이 보인다. 대서양 수평선을 배경으로 시원하게 서핑하는 사람들 보니 내 마음도 시원해진다.

카페에서 나와 해변을 따라 걷는데 모래사장에서 축구를 하는 한 무리의 아이들이 보인다. 역시 모로코는 축구지, 생각하며 근처를 맴돌았다. 그러다가 급기야 끼어들었다. 나는 축구를 좋아한다. 보는 것 말고 하는 것 말이다. 어릴 때 동네 아이들과 축구를 하면서 즐겁게 놀았던 기억이 있고 지금도 골목에서 축구를 하는 아이들을 보면 그냥 지나치질 못한다. 꼭 끼어

들어 한 번은 공을 차고 간다. 여기서도 그랬다. 아이들에게 연신 패스, 패스 외쳤더니 웃으며 공을 패스해 준다. 공을 받은 나는 몇 번 드리블을 하다가 딱 감이 오는 순간 오른발로 공을 힘껏 찼다. '뻥' 하며 공이 날아갔다. 그러나 아뿔싸, 그 순간 내 발목도 날아갔다. 잠시 잊고 있었다. 몇 달 전에 발목이 부러졌고 아직 완치되지 않았다는 사실을. 좋아하는 공을 본 순간 그 사실을 까맣게 잊어버린 거다. 어느 정도 나아가고 있던 발목은 이날을 기점으로 다시 아주 나빠졌다. 그때 왜 그랬을까, 지금도 후회막심이다.

저녁 무렵 마라케시로 돌아왔다. 숙소에서 쉬다가 밤 10시가 되어 저녁 먹으러 나갔다. 제마 엘프나 광장의 한 식당에서 파니니를 먹고 하루를 마무리하는 커피를 마시기로 했다. 적당한 카페가 보였고 여기로 들어가자고 했는데 남편이 또 시작한다. 저쪽으로 가면 더 전망 좋은 카페가 있을 거라고. 하지만 한참을 가도 마음에 드는 곳이 없다. 결국은 처음 내가 들어가자고 한 곳으로 다시 왔다. 내 발목은 이미 한계를 넘었다. 내가 아프다는 걸 남편은 자꾸 잊나 보다. 한바탕 구박을 하며 또 하루를 마무리한다.

현금은 없는데 인출도 안 된다?
그러다 생각해낸 비책

　마라케시를 떠나기 전 한 군데 꼭 볼 곳이 있다. 바로 마조렐 정원이다. 아침 7시에 일어나 숙소인 리아드에서 나왔다. 제마 엘프나 광장으로 나오자마자 몇 명의 택시 기사가 한꺼번에 다가오더니 호객을 한다. 10분 정도 걸리는 마조렐 정원까지 100디르함을 불렀지만 마라케시에 머문 지 벌써 4일 차, 우리는 단호한 표정으로 고개를 저었다. 30디르함에 합의를 보고 택시를 탔다.

　마조렐 정원 앞에 도착하니 이미 사람들이 줄을 길게 늘어서 있다. 시간대별로 입장을 할 수 있었고 우리는 미리 예매해둔 입장권으로 아침 8시에 입장했다. 호기심을 가득 안고 마조

마조렐 정원
초록과 파랑의 조화가 눈부시게 아름다운 통로

렐 정원에 들어서자마자 눈이 휘둥그레졌다. 길을 따라 즐비하
게 늘어선 초록 잎 무성한 나무들은 마치 밀림이 연상될 정도
로 커다랗고 빼곡했다. 야자수는 물론 선인장도 키가 엄청 컸
다. 곳곳에 아름다운 분수가 물을 뿜고 있고 건물들은 온통 파

란색 빛을 띠고 있다. 파란색은 매우 강렬하고 신비로운 느낌이다. 온통 파란 세상에서도 걷다 보면 군데군데 노란색과 흰색으로 칠해진 창문과 화분들이 보인다. 노란색은 마치 파랑의 변주인 듯 상큼할 뿐더러 지루할 틈을 안 준다. 길을 따라 벤치들이 놓여 있다. 잠시 앉았는데 그만 파란색에 흠뻑 취해 버렸다. 이렇게 아름다운 파란색이 있다니, 그저 경이로웠다.

마조렐 정원은 모로코가 프랑스의 지배하에 있을 때 프랑스의 화가 자크 마조렐이 평생 동안 일군 정원이다. 아라비아 특유의 파란색을 사랑한 자크 마조렐은 정원 곳곳에 파란색 건물을 배치해 두었는데 이 때문에 바로 이 파란색이 마조렐 색깔로 불리게 되었다. 그의 사후, 황폐해진 이곳을 알제리 태생의 세계적 디자이너 이브 생 로랑이 사들였고, 그의 연인 피에르 베르제와 함께 이곳에 머물며 정원을 복원했다고 한다. 마조렐 정원 한편에 이브 생 로랑 박물관이 있는 이유다. 강렬하고도 신비스러운 파란색의 마조렐 정원, 붉은색의 마라케시와는 완전히 다른 세계다. 마라케시를 여행하는 분들은 꼭 한 번 가보길 권한다.

4일간의 마라케시 여행을 마친 후 마라케시 공항에서 1시간 걸려 페스 공항에 도착했다. 한국에서 여행 다큐를 통해 자주 소개될 정도로 페스는 유명한 곳이다. 그런데 웬걸, 여기가 내가 아는 그 페스가 맞나 싶을 정도로 공항의 규모가 매우 작았다. 어리둥절한 채 짐을 찾은 후, 공항의 현금지급기에서 현금을 찾기로 했다. 마라케시에 머물며 현금이 거의 떨어진 상태였기 때문이다. 월렛 카드를 넣고 유로화를 인출하려는데 이상하게도 계속 안되는 것이다. 공항의 안내소를 찾아가 물었더니 페스 공항 현금지급기에서는 유로화 지급이 불가능하단다. 오로지 모로코 화폐인 디르함만 찾을 수 있다고 한다. 너무도 당황스러웠다. 생각지도 못한 복병이다.

무거운 마음으로 공항 밖으로 나왔다. 공항 밖은 건물도 별로 보이지 않는, 마치 황량한 들판 같았다. 공항이면 택시 정류장이 줄지어 있을 줄 알았는데 한참을 걸어가야 택시를 타는 곳이 있었다. 그것도 정식 택시가 아니라 자가용을 가지고 택시 영업을 하는 차들이었다. 숙소의 주소를 보여주며 흥정을 하는데 우리는 이미 위축되어 있었다. 그가 외치는 150디르함에 남아 있는 현금을 확인해보니 간신히 맞출 수 있었다. 요금을 깎지도 못한 채 어쩔 수 없이 짐을 실었다.

천년고도 페스에는 마라케시의 메디나 못지않게 오래된 메디나가 있다. 이 메디나에는 9천여 개의 골목이 있어 한 번 들어가면 길을 잃기 쉽다는 얘기를 안내 책자에서 읽었다. 1박 2일 밖에 머물지 못하는 페스에서 한국인 가이드가 반드시 필요하

은퇴 부부의 42일 자유여행

다고 생각한 이유다. 한참 동안 이리저리 검색해 드디어 한국인 가이드를 찾았고 그분과 연락이 닿았다.

숙소도 가이드가 소개한 한국인 민박집으로 정했다. 얼마 만에 만나는 한국인인가, 기대를 잔뜩 하고 택시에서 내려 민박집으로 들어섰다. 페스에 산 지 9년쯤 되었다는 70대 여성이 주인이다. 한국말로 이야기를 나누니 그것만으로도 마음이 편안했다. 이런저런 안내를 받았고 현금이 없는 상황도 전했다. 다행히 근처에 은행이 있다고 한다.

저녁을 먹으러 나가면서 은행을 들러 돈을 찾기로 했다. 그런데 막상 은행에 가니 현금지급기로 돈을 찾는 게 불가능했다. 공항에서와 마찬가지로 동네 은행 현금지급기에서도 유로화는 찾을 수 없는 거다. 모로코 국내에서는 모로코 돈 밖에 인출할 수 없다는 걸 미처 몰랐다. 우리가 가진 월렛 카드에서는 유로화로만 찾을 수 있는데 말이다. 이런 줄 알았으면 모로코에 오기 전에 미리 현금을 찾아둘 걸 그랬다.

후회가 밀려왔지만 몰랐던 걸 어쩌랴. 남편의 얼굴은 점점 굳어져 갔고 점차 말을 잃어 갔다. 뭘 물어도 대답을 하지 않았다. 한참을 생각하다 우리는 드디어 방법을 찾았다. 숙소의 주인에게 인터넷 뱅킹으로 환전 수수료를 포함한 돈을 이체하고 대신 모로코 돈을 받는 방법이었다. 숙소로 돌아가 그렇게 제안하니 민박집 주인도 흔쾌히 응한다. 현금을 받아 들고 숙소를 나오는데 그렇게 든든할 수가 없다. 밥을 안 먹어도 배가 부른 것 같다.

호기롭게 택시를 타고 페스의 관문이라 할 수 있는 블루게이트로 향했다. 블루게이트 앞은 현지인뿐 아니라 여행자들로도 가득하다. 사람들에게 밀려 걷다가 메디나로 들어섰다. 이곳저곳을 구경하다 중식당을 발견했다. 밥이 몹시도 그리웠던지라 망설임 없이 들어갔다. 볶음밥과 볶음면, 그리고 토마토 달걀 수프를 주문했다. 배가 고파 그런지 다 맛있다. 특히나 뜨끈한 토마토 달걀 수프를 먹으니 속이 다 뜨끈해지면서 오늘 하루를 위로받는 느낌이다.

접시를 싹 비우고 배를 채웠는데도 이상하게 기운이 나지 않는다. 기력이 바닥난 것처럼 돌아다닐 힘조차 없다. 블루게이트를 바라보며 그냥 차나 한 잔 마시고 싶었다. 카페들이 많았지만 모두 만석, 빈자리는 없다. 조금 기다리다 빈자리가 보이는 한 노천카페로 들어갔다.

주문한 민트 티가 입 안에서 화사하고 향긋한 향을 터뜨린다. 오가는 사람들 구경하며 해가 질 때까지 앉아 있었다. 가만히 앉아 블루게이트를 바라보는데 뭔가 이상하다. 외관의 색이 파란색이 아니고 초록색이다. 들어갈 때는 분명 파란색이었는

페스의 명물 천연가죽염색 작업장인 테너리

데 말이다. 알고 보니 메디나로 들어가는 문의 외관은 파란색, 메디나에서 밖으로 나오는 문의 외관은 초록색이다.

　다음 날 아침 숙소 앞으로 나가니 약속한대로 한국인 가이드가 기다리고 있다. 그의 안내로 차를 타고 페스 시내를 한 바퀴 돌았다. 그리고는 메디나 초입에 주차를 했다. 일일 투어, 이제부터는 내리 걷는다고 한다. 나이 지긋한 모로코 현지인 가이드도 동행했다. 사람 많은 비좁은 골목을 누비며 온갖 상점들과 시장들을 둘러보았다. 오랜 역사를 가진 빵 굽는 집도 보고 갓 구운 빵도 얻었다. 직접 직조하는 작업공간도 보았는데 직조의 결과물인 수공예 작품, 형형색색의 천과 머플러, 카펫들이 구매

좁은 시장 골목을 누비며
등에 짐을 실어 나르는 당나귀

욕구를 불러일으켰다. 몇 개의 소품을 사서 들고 나왔다. 이슬
람 성전인 모스크와 가장 오래된 대학이라는 곳도 설명을 들으
며 둘러보았다.

드디어 한국 티브이에서도 많이 소개된 테너리에 갔다. 페스
가 한국에서 유명한 건 테너리 때문이다. 테너리는 천연 가죽
염색 작업장인데 사실 난 테너리 방문을 망설였다. 동물의 가죽
을 벗겨 염색을 한다는데 자꾸 죽은 동물이 떠올라 괴로웠다.
그래도 용기를 내어 한번 가보기로 했다. 테너리 입구에 들어서
자 가게에 있던 사람이 민트 잎을 내민다. 가죽을 염색하는 냄
새가 지독하니 이 민트 잎을 계속 코에 대고 중화시키라는 거

은퇴 부부의 42일 자유여행

다. 아니나 다를까 근처의 냄새는 지독했고 우리는 민트 잎을 코에 바짝 댄 채로 다녔다.

옥상으로 가는 계단을 오르다가 그만 뒤로 자빠질 정도로 소스라치게 놀랐다. 박제된 소의 머리가 걸려 있는 것이다. 또다시 심장은 쪼그라들다가 쿵쾅쿵쾅 널을 뛰었다. 남편의 팔을 부여 잡고 간신히 옥상에 올랐다. 그러자 티브이에서 보던 장면이 눈 앞에 펼쳐져 있다. 엄청나게 큰 색색의 염색 단지들이 있고, 사람 들이 그 사이사이로 다니며 가죽을 넣고 있다. 파란 하늘을 배경 으로 한 각양각색의 염색 단지들이 그야말로 장관이다.

나는 동물의 털을 이용한 옷, 그리고 가죽옷을 입지 않는다. 가죽 가방도 사용하지 않는다. 그러나 모든 가죽에서 벗어난 건 아니다. 어쩌다 한 번씩 신는 구두는 가죽이다. 이후 가죽을 구매할 일은 없다고 생각했는데 여기에서 그만 가죽 슬리퍼를 사 버렸다. 모로코의 전통 신발 바부슈, 기념으로 한 개쯤은 괜 찮겠지 하면서 마음에 쏙 들어오는 예쁜 색깔의 슬리퍼를 골랐 다. 그리고 지금 그 슬리퍼는 방바닥 보일러 온도를 높이는 대 신 열심히 제 할 일을 하고 있다. 현금 없이 도착한 페스, 잠깐 의 마음고생은 했지만 그래도 무사히 1박 2일의 여정을 마쳤 다. 이제 셰프샤우엔으로 간다.

살면서 안 해봤던 일을
여행지에서 시도해봤다

파란색 가득한 셰프샤우엔 골목

페스 터미널에서 버스를 타고 5시간을 달려 셰프샤우엔에 도착했다. 구불구불 산길을 돌아 도착한 셰프샤우엔은 모로코 내륙의 산 중턱에 있는 작은 마을이다. 깜깜한 밤에 도착해 택시를 타고 예약해 둔 숙소로 갔다.

그런데 이게 무슨 일인가. 체크인하는데 호텔 측에선 예약이 안 되어 있다고 한다. 몇 번이나 확인해도 그렇다. 이럴 수가! 지금껏 다녀도 이런 적은 없었는데 예약 사이트의 실수인 것 같다. 좀 당황이 되었다. 구글 번역기로 서로 상황을 확인해가며 방법을 찾았다. 호텔 측에선 다행히 빈방이 있다고 한다. 현금으로 다시 결제했다. 예약 사이트엔 추후 환불 받기로 하고 들어갈 수밖에 없었다. 기분이 썩 좋지 않은 채 방으로 들어섰는데 들어서는 순간 순식간에 마음이 풀린다. 방이 아주 깔끔하고 훌륭하다.

다음 날 아침, 호텔에서 제공하는 조식은 7층 루프탑에서 먹게 되어 있었다. 평온을 만끽하며 여유를 갖고 천천히 아침 식사를 즐겼다. 갓 구운 빵과 스크램블, 신선한 채소와 여러 과일 주스를 먹으니 비타민까지 보충되는 듯 싶다. 계단이 보여 한 층을 더 올라가 보았다. 탁 트인 사방의 전경이 한눈에 들어온다. 여기다 싶어 커피를 들고 올라와 등받이가 넓은 쿠션에 기대앉았다. 기지개를 켜며 다리도 있는 힘껏 뻗어 보았다. 세상

편한 자세로 커피 향을 맡으며 사방을 둘러보는데 마을 전체가 온통 파란색이다. 이래도 되나 싶을 정도로 셰프샤우엔 온 마을이 파란색이다.

셰프샤우엔(Chefchaouen)이란 이름은 이 마을 뒷산의 모습에서 유래한다. 마을 뒤편으로 두 개의 큰 봉우리가 있는데 이 모습이 마치 염소의 두 뿔(Chouoa)을 닮았다고 해서 그런 명칭으로 불리게 되었단다. 셰프샤우엔을 그대로 해석하면 '뿔을 보아라'라는 뜻이다.

15세기 무렵, 스페인 그라나다에 살던 무슬림과 유대인들이 가톨릭 세력의 박해를 피해 모로코의 산골짜기 셰프샤우엔까지 들어오게 되었다. 그들은 스페인 남쪽 안달루시아 지방의 문화를 그대로 이어 갔는데 집의 벽은 모두 흰색을 칠하고 창문과 문은 이슬람을 상징하는 초록색으로 칠했다. 또한 마을 곳곳에는 오렌지 나무를 심었다.

그러다가 1930년대 들어 유대인이 대거 이곳에 정착하게 된다. 히틀러의 학살을 피해 이주해 온 것이다. 당시 스페인령이던 셰프샤우엔은 유대인들에게 비교적 안전한 지역이었기 때문이다. 이스라엘 국기에서 알 수 있듯 파란색은 유대인의 상징색이다. 셰프샤우엔에 정착한 유대인들은 자신의 집을 파란색으로 칠하기 시작했다. 그러면서 이 마을은 온통 파란색 마을이 되기 시작한 것이다.

1948년 이스라엘이 건국되며 유대인들은 이 마을에서 떠났지만 남은 선주민들은 파란색 마을을 그대로 유지했다. 그렇게 된 배경에는 실용적인 이유가 있다. 바로 파란색이 뜨거운 기온을 낮추게 할 뿐더러 모기를 쫓는 효과가 있기 때문이다. 이후 파란색 마을로 유명해지며 전 세계의 관광객들이 이 작은 마을을 찾아오기 시작했다. '모로코의 산토리니'라고 불리는 셰프샤우엔은 이제 마을의 집들뿐 아니라 골목길 바닥까지도 모두 파란색이다. 색이 바래면 또 파란색으로 칠하고 정기적으로 덧칠하며 파란색 마을을 유지해가고 있다.

셰프사우엔 마을을 정기적으로 칠하는 원색의 염료들

'두 개의 뿔'을 상징하는 셰프샤우엔 마을 전경

    셰프샤우엔의 골목길엔 온갖 수공예품을 파는 상점들이 가
득하다. 페스에서 직조 현장을 본 후라서 그런지 한 장 한 장의
천이 모두 귀하게 여겨진다. 물품 하나하나에 그 분야 장인의
손길이 느껴지며 왠지 뭉클했다. 그 귀한 물건들이 신비로운 파
란색의 상점들 내부와 벽에 걸려 있다. 원색의 주황빛 카펫, 붉
은빛 머플러들은 상점의 파란색과 대비가 되며 눈에 띄게 아름
다웠다. 골목을 다니다 보니 이제는 눈에 익은 파란색 벽은 물
론 골목길 바닥에 그려진 수많은 다양한 그림과 글씨가 눈에

들어온다. 그저 길을 다니는 것만으로도 볼거리가 많아 지루할 틈 없다. 다리 아픈 줄 모르고 재미있게 다녔다.

걷다 보니 메디나(구 도심) 광장이 나온다. 셰프샤우엔의 메디나는 마라케시나 페스에 비해 매우 작은 편이다. 메디나 광장 가운데 커다란 나무가 있고, 벤치들이 나무를 둘러싸듯 놓여 있다. 광장 주변으로는 식당과 카페, 상점들이 있다. 광장에는 식당이든 카페든 자기 가게로 오게 하려는 직원들의 호객이 엄청나다. 영어로, 불어로 "어서 들어오라, 음식이 맛있다"고 한다. 조금 기웃기웃하다가 못 이기는 척 한 직원의 호객에 응했다. 직원은 아주 신이 났다. 카페로 들어가 크레페와 시원한 아이스티를 주문했다. 해가 쨍쨍한 낮시간에 돌아다니다 보니 너무 더웠고 목이 말랐다. 얼음이 잔뜩 들어 있는 아이스티가 한층 더 시원하게 느껴졌다.

카페에 앉아 광장을 오가는 사람들을 넋 놓고 바라보았다. 히잡을 둘러쓴 무슬림 여성들, 뾰족한 모자가 달린 모로코 전통 의상 질레바를 입은 남성들, 다양한 색의 머리칼을 가진 여행객들이 보인다. 애니메이션 〈겨울왕국〉의 주인공 '엘사' 분장을 한 사람도 있는데, 그는 청하는 사람이 있으면 함께 사진을 찍어주고 돈을 받는다.

그렇게 가만히 보고 있자니 시간 가는 줄 모르겠다. 얼핏 둘러보니 다른 사람들도 우리처럼 서로를 구경하고 있다. 다른 모습을 한 사람들, 서로가 서로의 관심이 되는 걸 보니 역시 여행지인가 보다. 호기심 어린 따뜻한 시선이 관심으로 느껴진다.

광장 한편에서 줄을 서 있는 사람들이 보인다. 찬찬히 살펴보니 헤나 타투를 하는 사람들이다. 히잡을 쓴 중년의 여성이 앞에 앉은 여성의 팔에 헤나 타투를 해주고 있다. 인기가 많은지 그 뒤로 줄이 길게 늘어서 있다. 순간, 갑자기 내 마음 깊은 곳에서 강한 열망이 올라왔다. '나도 타투를 해보고 싶다.' 이 강한 열망은 망설임을 눌렀다. 한국에서는 손톱에 매니큐어 한 번 칠해보지 않았지만 모로코에서는 용기를 내 보기로 했다.

그 앞으로 가 차례를 기다렸고 마침내 자리를 잡고 앉았다. 샘플이 그려진 종이를 몇 장 보여주며 원하는 문양을 고르란다. 몇 장을 뒤적이다 마음에 드는 문양을 발견했다. "이걸로 해 주세요." 헤나 타투이스트는 씩 웃으며 잘 골랐다고 했다. 그런데 막상 염료가 든 주사 바늘을 보니 덜컥 겁이 났다. 아프냐고 물었다. 안 아프단다.

그래도 잔뜩 긴장한 채 살짝 팔목을 내밀었다. 드디어 타투이스트가 주사기의 밸브를 누르자 짙은 밤색 염료가 나오기 시작했다. 팔목에 그림이 그려지는데 아뿔싸, 겁먹은 게 무색하게도 하나도 안 아프다. 바늘로 찌르는 게 아니라 바늘구멍을 통해

처음으로 해보는 헤나 타투

나온 염료가 피부에 그려지는 거다. 괜히 겁을 먹었다. 민망하다. 그려진 문양은 잠시 후에 굳으며 그것 자체가 타투가 된다. 헤나 타투가 그런 건가 보다.

마치고 나니 뿌듯하고 자랑스러웠다. '나 타투 한 여자야' 동네방네 자랑하고 싶었다. 그 후로 일주일 정도 지나자 타투 문양은 없어졌다. 아쉬웠지만 그 잠깐의 경험이 내겐 신선했고 뿌듯함을 안겨주었다. 안 해보던 것 해보기, 앞으로도 남은 인생 동안 그래 보려고 한다.

다시 골목을 누볐다. 걸어도 걸어도 구경할 게 많다. 골목에서 소년들을 만났다. FC 바르셀로나 유니폼을 입은 아이들이 축구를 하고 있다. 공을 보니 또 못 참고 공을 넘겨받아 살살 드리블을 했다. 발목 부상 후유증은 어쩔 거냐며 남편이 만류

하는 통에 멈추고 말았다. 잠깐이지만 재밌었다. 골목에는 다니는 사람도 많았지만 이슬람에서 우대받는 동물, 고양이도 많았다. 골목 상점에서 파는 가방들 사이에서도 고양이들이 한가롭게 거닐고 있다. 가방 뒤로도 들어갔다 나왔다 이리저리 자유를 만끽하는 듯 보인다. 한국 같으면 있을 수 없는 일, 모로코에선 당연한 일이다.

계속 다니다 보니 햇빛은 뜨거웠고 목은 말랐다. 골목 한편에 오렌지 주스를 즉석에서 갈아주는 카페가 보였다. 웬만하면 노천카페라 들어가고 말고 할 것도 없다. 그저 보이는 의자에 자리 잡고 앉으면 된다. 오렌지 주스를 주문했다. 남편은 광장을 더 보고 싶어하기에 혼자 가라고 하고 나는 그대로 앉아 여유를 즐겼다. 주스를 마시며 사방을 둘러보니 역시나 파란색 벽에 아라비아 글자가 보인다.

주인에게 무슨 뜻인지 물었다. '판사'라는 뜻이란다. 예전에 이 골목에 법률을 가르치는 학교가 있었고, 지금도 그 골목은 '판사'라는 이름으로 불린다고 한다. 여행 책자에서 발견하지 못한 사실을 또 하나 직접 알아낸 것 같아 기분이 좋다.

카페 주인이 어디에서 왔냐고 묻는다. 한국이라고 말해주었다. 그는 매우 반가워하며 한국 음악을 좋아한단다. 어떤 가수를 좋아하냐고 물었더니, BTS를 좋아한단다. 모로코의 작은 마을 셰프샤우엔까지 K-POP이라니, 한국인이라는 게 자랑스럽고 으쓱해진다.

　메디나 광장의 한편에 있는 알카사바에 들렀다. 알카사바는 황토색 흙빛이다. 온통 파란색 마을에 황톳빛의 알카사바는 유독 눈에 띄었고 이상하게도 정감이 느껴졌다. 모로코 국기가 걸려 있는 성채로 들어가 좁은 계단을 오르니 전망대에 도착했다. 마을 전체가 눈에 들어왔다.

　셰프샤우엔, 2개의 뾰족한 봉우리 아래 파란색 마을. 그 역사적 배경을 알고 나니 신비하고 아름답다는 생각을 넘어 마음이 찡하면서도 애틋하게 느껴진다. 파란 마을 셰프샤우엔 사람들이 그들만의 문화와 전통을 잘 지키며 살아가길 바란다. 이제 떠나야 할 시간, 신비로운 셰프샤우엔을 떠나 탕헤르로 간다.

내가 이러려고
지중해를 건넌 게 아닌데

모로코 탕헤르에서 이 배를 타고 지중해를 건너면 스페인 타리파에 도착한다

은퇴 부부의 42일 자유여행

탕헤르로 가는 버스는 셰프샤우엔 CTM 버스터미널에서 오후 6시 45분 출발 예정이다. 호텔에서 짐을 찾아 택시를 타고 터미널에 여유 있게 도착했다. 크지 않은 터미널을 구석구석 돌아보다가 벤치에 앉아 가방에 있던 초코칩 쿠키를 꺼내 먹었다. 다디단 맛이 혀끝에서 녹아내리며 절로 기분이 좋아진다. 피곤할 때는 역시 단 게 최고다.

그런데 출발 시간이 되었는데도 버스가 오지 않는다. 이제 버스가 안 오는 정도로는 긴장하거나 초조해하지 않는다. 여행 시작한 지 한 달 정도 된 연륜이랄까? 안내소에 가서 물어보았다. 여기서 출발하는 건 맞지만 왜 안 오는지는 모르겠단다. 터미널 안 카페에서 에스프레소를 마시며 기다렸다. 주변을 보니 우리처럼 캐리어를 들고 시계를 보며 수시로 고개를 빼어드는 사람들이 있다. 모두 탕헤르로 가는 사람들인 모양이었다.

버스는 7시 25분이 되어서야 나타났다. 몰려드는 사람들 속에서 서둘러 짐을 싣고 버스에 올랐다. 버스는 테투안을 경유해 밤 10시가 되어 탕헤르에 도착했다. 중간에 한 번은 쉴 법한데 버스는 쉬지 않고 내달렸다. 버스 기사님이 힘들 것 같았고 혹여 사고가 나지 않을까 염려도 되었다. 그러나 정작 문제는 내 몸이었다.

멀미와는 거리가 먼 나는 웬일인지 버스 타고 가는 내내 멀미에 시달렸다. 계속 속이 메스껍고 토할 것 같았다. 남편이 옆에서 손을 주무르고 등을 쓸어내려주고 했지만 멀미는 나아질 기미가 안 보였다. 그때 옆 좌석에 앉은 사람들이 말을 걸어왔다. 괜찮은지 물으며 토할 것 같으면 사용하라며 비닐봉지를 내밀었다. 히잡을 쓴 젊은 여성들이다. 그들의 얼굴엔 낯선 이방인에 대한 걱정과 안쓰러움이 가득했다. 힘들어하는 나를 보며 안부를 물어주는 그들의 호의와 친절이 너무도 고마웠다. 조심스럽게 내미는 비닐봉지와 한마디 말이 그리도 따스할 수가 없다. 가는 내내 걱정해주고 챙겨주는 말을 들으니 이상하게도 뭔가 든든해졌다. 힘도 나고 이전보다는 속도 훨씬 편안해졌다. 생판 모르는 낯선 동양인을 위해 걱정해주고 위로해주는 그들의 따스한 마음이 그대로 내게 전해졌나 보다.

되돌아 생각해 보니 한 달여 간의 배낭여행으로 심신이 몹시 고단하다는 것을 몸은 알고 있던 것 같다. 생전 하지 않던 멀미로 그 신호를 보낸 것이다. 그러던 중 낯선 이방인들의 호의와 따뜻한 배려를 접하게 되자 그 따스함이 큰 위로가 되었던 것 같다. 생각지도 못한 사람들의 선의와 관심은 그 자체가 내겐 '돌봄'이었다. 무사히 탕헤르에 도착했다. 버스에서 내리기 전, 그들에게 진심으로 고맙고 친절에 감사하다고 인사를 전했다.

문화인류학자 마가렛 미드의 일화가 떠오른다. 그가 수업시간에 한 학생으로부터 인류의 문명은 무엇으로부터 시작되었는지 질문을 받았다. 그 학생은 아마도 점토로 만든 항아리나 낚싯바늘 같은 도구 혹은 종교적 유물일 것으로 짐작했다. 그러자 마가렛 미드는 인류의 문명은 "사람의 부러진 대퇴부 골절에서 시작되었다"라고 답했다. 동물의 세계에서는 다리가 부러지면 죽을 수밖에 없다. 부러진 상태에서는 위험으로부터 도망칠 수도, 먹이 활동을 할 수도, 강으로 가서 물을 마실 수도 없기 때문이다. 사람의 부러진 대퇴골이 치유된 흔적은 누군가가 다친 사람을 안전한 곳으로 옮겼고, 함께 머물며 회복될 수 있도록 돌보았다는 의미라고 설명한다. 어려움에 처한 사람을 돕는 것에서 인류의 문명이 시작되었다는 마가렛 미드의 설명에 다시 한번 깊이 공감하게 된다.

탕헤르는 모로코의 가장 북쪽에 위치한 도시로 예로부터 유럽과 아프리카를 잇는 주요 거점이었다. 지중해를 건너면 바로 이베리아 반도의 지브롤터와 만나는 곳이다. 우리가 역사책에서 배운 중세 시대 탐험가이자 여행가인 이븐 바투타가 바로 탕헤르 출신이다. 아프리카의 관문 탕헤르에 대해 궁금한 점이 많았지만 일정상 모로코 여행을 마치며 여기서는 그저 하루 휴식을 취하기로 했다.

탕헤르의 숙소는 마리나베이에 있는 호텔이다. 입구에서부터 럭셔리함을 느낄 수 있었다. 방으로 올라가 창문을 열었는데 넓게 펼쳐져 있는 지중해 전경이 한눈에 들어온다. 예상치 못한 환상적인 그림이다. 널찍하고 길게 뻗어 있는 도로는 깔끔하고 조명은 은은하게 빛나고 있다. 가로수인 야자수 너머로 보이는 지중해 바다에는 요트들이 가득하다. 요트가 가득한 바다를 보며 자게 될 줄이야. 이번 여행 중 가장 럭셔리한 숙소다. 가격에 비해 너무도 훌륭한 숙소에서 횡재한 기분으로 침대에 벌러덩 드러누웠다. 계속 여기서 자고 싶다고 생각했지만 내일 낮엔 여기에서 나가야 한다. 그게 현실이다.

아침이 되어 눈을 떴는데 몸이 무겁다. 안락한 곳에서 잤다고 쉽게 피곤이 떨쳐지는 건 아니었다. 몸을 추스르고 호텔에서 제공하는 조식을 먹으러 갔다. 식당에는 전 세계의 다양한 인종이 모두 모인 듯했다. 아이들도 여럿 보였다. 마라케시 제마 엘프나 광장의 야시장에서 불꽃 장난감을 던지는 묘기를 보이며 동전을 받는 아이들이 떠올랐다. 어떤 아이들은 부모를 따라 호텔에서 아침을 먹고, 어떤 아이들은 동전 몇 푼 벌려고 늦은 밤에 관광객들 앞에서 장난감을 던져 올린다. 그게 우리가 사는 세상 그대로의 모습이다. 두 장면이 겹쳐 보이며 마음이 무겁고 씁쓸했다.

잠시의 휴식을 마치고 이제 밖으로 나가 지중해 해변을 걸어

탕헤르의 마리나베이 아침 전경

보기로 했다. 호텔에서 나서자마자 머리 위로 뜨거운 태양이 내리쬔다. 그래도 해변을 걸어 봐야지 싶어 조금 더 걸었다. 해변에 도착해 발을 딛자마자 "앗 뜨거워!" 소리가 절로 나왔다. 해변의 모래에 발이 푹푹 빠졌는데 운동화 사이로 비집고 들어오는 모래는 기함할 정도로 뜨거웠다. 순식간에 이마로 땀이 차오르고 얼굴로 목덜미로 땀이 흘러내렸다. 안에서 보던 것과는 상당히 다른 현실이다. 얼마 걷지도 못한 채 다시 호텔로 들어왔다.

체크아웃 시간까지 침대에 누워 있었다. 몸이 점점 더 처지고 일어나기가 힘들다. 그 무서운 양 머리도, 어깨를 스치는 갈매기도, 땅바닥에서 다리 사이를 오가는 비둘기와 고양이도 없는 마음 편한 곳에 있는데 몸은 쑤시고 아프다. 그래도 이제 추스르고 일어나 지중해를 건너야 한다.

탕헤르에서 하루를 묵게 된 연유는 오직 하나다. 배를 타고 지중해를 건너는 감격을 맛보고 싶어서다. 그래서 짧은 시간에 갈 수 있는 비행기를 마다하고 버스를 타고 여기까지 온 것이다. 이제 아프리카 대륙 모로코의 탕헤르에서 지중해를 건너 스페인 타리파로 간다.

그런데 배를 타기 전, 캐리어 손잡이가 부러져 버렸다. 잠시 당황했지만 그러려니 싶었다. 오래된 캐리어라 여행 중 언젠가는 바퀴가 망가질 수 있다고 생각했다. 손잡이가 부러지긴 했지만 끌고 가는 건 가능하다. 부러진 손잡이를 보니 재미있고 웃음도 나왔다. 문득 새로 가방을 사지 말고, 여행을 마칠 때까지 이 가방으로 다녀보는 건 어떨까 싶었다. 그것도 재미있을 것 같았다. 캐리어에게 소리 내어 말했다. "그동안 고마웠어. 조금 더 버텨줄래?"

드디어 승선을 했다. 엄청나게 커다란 페리호다. 짐을 맡기고 자리를 잡고 앉았다. 그런데 에어컨이 지나치게 세게 나와 너무 추웠다. 더위에 매우 취약한 내가 오히려 햇빛을 찾아 창가로 갈 정도로 실내 공기는 차가웠다. 머플러를 목에 두르고 손수건까지 꺼내 무릎을 덮었다. 배 안에는 식당과 카페테리아가 있다. 도착하려면 2시간 정도 걸린다. 따스한 창가에 자리 잡고 앉으니 조금은 추위가 가셨다. 그러고는 카페테리아에서 사 온 샌드위치와 커피를 마셨다. 배도 부르고 온기도 느껴지고 이제 더 바랄 것 없이 편안했다.

등받이에 등을 기대고 앉아 지중해를 바라보았다. 넘실넘실 커다란 파도를 타고 배가 나아간다. 잠시 후에 주변이 시끌시끌했다. 무슨 일이지 하며 정신을 차렸는데, 어느새 도착했단다. 시끄러운 소리는 도착했다는 안내 방송이었다. 이게 무슨 일인가. 잠시 앉았을 뿐인데 그만 잠이 들어 버렸던 거다. 도착해서야 깨다니, 말도 안 된다. 오로지 지중해를 건너는 느낌을 온몸으로 만끽하고 싶어 배를 택했던 건데 샌드위치를 먹자마자 잠이 들어 버린 것이다. 맙소사, 이럴 수가. 너무너무 황당하고 허무했다. 이러려고 5시간이나 걸려 탕헤르까지 온 건 아니었는데 말이다. 우리 둘 다 그새를 못 참고 곯아떨어진 거다. 몹시 피곤하긴 했나 보다. 기막혀하며 마주 보았다. 그저 피식 웃음밖에 안 나왔다.

오늘 밤 목적지는 세비야다. 구글 지도를 검색하니 타리파항에서 세비야로 가는 버스터미널까지는 택시로 금세 갈 수 있는 거리였다. 배에서 내려 1시간 정도 후에 타는 버스로 예매해 두

지중해에 접해 있는 탕헤르의 마리나베이 밤 전경

었기에 시간 여유는 있었다. 그런데 배에서 짐을 찾아 나오는데 예상치 못한 광경이 펼쳐져 있다. 입국심사장이다. 탕헤르는 모로코의 항구 도시이고 타리파는 스페인의 항구 도시다. 국경을 넘으면 입국심사를 거쳐야 하는데 배를 타고 오다 보니 그걸 까맣게 잊고 있었던 거다. 자칫 잘못하면 세비야행 버스를 놓치게 된다. 서둘러 나와야 했다. 줄 서 있는 사람들에게 연신 미안하다고 하며 '새치기'를 할 수밖에 없었다. 어쩔 수 없이 민망함을 무릅쓰고 앞으로 앞으로 나아갔다.

　　　　　　　　　　　　　　은퇴 부부의 42일 자유여행

조마조마한 심정으로 입국심사대에 섰고 다행히 별 탈 없이 바로 마치고 밖으로 나올 수 있었다. 택시 승강장이 앞에 보였고 버스터미널로 직행했다. 터미널까지는 얼마 걸리지 않아 간신히 시간에 맞춰 세비야행 버스를 탈 수 있었다. 3시간 정도 걸려 저녁 8시쯤 드디어 세비야에 도착했다.

이제 다시 스페인이다. 보름 만에 스페인으로 돌아왔다. 그런데 웬일인지 전에 그 낯설던 스페인이 아니다. 이상하게도 스페인이 편안하다. 이 편안한 심정은 뭔가? 마치 고향에 돌아온 듯 마음이 놓이며 안심이 되는 이 마음, 뭐지? 왠지 익숙한 느낌이다.

여행 떠난 지 한 달쯤 되니
오래된 캐리어의 손잡이가 부러졌다

4

그라나다를 거쳐
다시 바르셀로나로!

햇빛을 입은 광장과 밤의 조명 아래
광장은 매우 다르다.
전자가 이글거리는 태양 아래 들썩이는 시간이라면
후자는 차분하고 고요한 침잠의 시간이다.

지로나

몬세라트

바르셀로나

코르도바

세비야

그라나다

론다

타리파

세비야 대성당에서
이슬람 문화를 만나다

세비야의 알카사르
중정에 흐르는 물과 함께 벽과 천장의 문양은 이슬람 정신 무한의 세계를 상징한다

에어비앤비를 숙소로 택한 건 세비야가 처음이다. 어느 정도 여행이 익숙해질 무렵 에어비앤비에서 묵기로 했는데 세비야가 바로 그곳이다. 에어비앤비에서는 문제가 생기면 바로바로 주인과 소통하며 해결해야 하는데 영어가 어려운 우리는 그게 부담스러웠다. 그런데 걱정했던 것과는 달리 번역 앱이 있어 큰 문제는 없었다.

예약해 둔 숙소까지는 우버를 이용했다. 택시에서 내려 구글 지도를 보며 찾아가는데 해당 장소인 22번지를 금세 찾았다. 지도를 보며 찾아가는 게 바로 내 역할이고 여태 그 역할을 나는 잘 수행했다. 그런데 남편이 계속 고개를 갸우뚱하며 여기가 아니라고 한다. 안내문에는 옆에 기타 상점이 있는데 여기는 없다며 이곳이 아니라는 거다. 그러고는 왔던 길을 다시 나가 이 골목, 저 골목을 왔다 갔다 한다. 갈수록 주소의 숫자는 달라지고 멀어진다. 내가 보기에 남편은 애먼 곳을 헤매는 것만 같다. 그대로 두면 안 되겠기에 목소리에 날을 세워 이쪽으로 다시 오라고 했다.

내가 처음 찾은 22번지로 다시 갔다. 우리 숙소는 그곳이 맞았다. 대문 옆 화분을 들어 열쇠를 찾아 문을 열고 들어갔다. 1층에는 작은 정원과 세탁실이 있다. 엘리베이터를 타고 2층에 도착하니 3개의 문이 나란히 있는데 그중 하나가 우리 숙소다.

방으로 들어와 빠르게 둘러보며 스캔했다. 침대와 거실, 주방과 세탁실이 있다. 그런데 1박에 적지 않은 비용을 지불한 숙소가 기대에 비해 너무 부실했다. 토스터기는 녹이 슬어 있어 결코 빵을 넣어 굽고 싶지 않았고, 무선 주전자는 더러워서 물을 끓일 마음이 나지 않았다. 프라이팬이 여러 개 있었지만 코팅이 다 벗겨져 있어 제일 작은 것 하나만 사용이 가능했다. 수건도 달랑 4장이었다. 엄청 기대하며 들어왔는데 완전 대실망이다.

하지만 어쩌랴, 세비야의 비슷한 조건을 갖춘 숙소들은 다른 도시와 비교해도 워낙 비쌌다. 꼼꼼한 남편이 엄청 검색하며 찾아봤는데 비슷비슷했단다. 이왕 이렇게 된 거 어쩔 수 없다. 세비야에서 지내는 7일 동안 마트에서 장을 봐다가 집에서 해 먹을 수 있는 게 어디냐며 빠르게 정신승리 모드로 진입했다.

일단 그동안 캐리어 한편에 고이 모시고 다닌 라면을 꺼냈다. 냄비에 물을 붓고 라면 3개를 넣어 팔팔 끓였다. "우리 그동안 너무 힘들었어. 그러니까 둘이서 라면 3개는 먹어줘야 해." 누구랄 것도 없이 순식간에 한마음으로 의기투합했다. 그렇다. 세비야까지 왔으니 그럴 수 있는 거다.

반찬으로 볶은 김치와 진미채도 꺼냈는데 이건 뭐, 입에 들어가는 대로 뭐든지 다 맛있다. 정신없이 젓가락질을 하고 국물까지 떠먹으니 속이 뜨끈하며 포만감이 쑤욱 올라온다. 단지

배불러서 오는 포만감이 아니다. 이제 더 바랄 게 없다 싶으면서 한없이 너그러워지고 뭐든지 이해가 되면서 마음의 품이 넓어진다. 이런 게 그동안의 숙소였던 호텔과는 다른 맛인가 보다. 에스프레소 머신이 있어 커피를 내려 마시는데 그게 또 뭐라고 마음 한쪽이 저려오며 살포시 행복감이 밀려온다.

다음 날 아침, 누룽지를 끓여 먹고 숙소를 나섰다. 예약해 둔 세비야 대성당으로 갔는데 이미 입장하려는 사람들 줄이 길게 늘어서 있다. 세비야 대성당은 로마의 성 베드로 성당, 영국의 세인트 폴 성당에 이어 세계에서 세 번째로 규모가 큰 성당이다.

스페인 남부 안달루시아의 대표적 도시 세비야는 이슬람 문화와 가톨릭 문화가 공존하는 지역이다. 세비야는 오래전에 이슬람의 알모아데 왕조가 뿌리를 내린 지역으로 이슬람 문화를 활짝 꽃피운 곳이다. 이후 레콩키스타에 의해 가톨릭 세력이 세비야를 점령하면서 이곳의 주인은 가톨릭이 되었다. 가톨릭은 이슬람이 다시는 이 땅에 발을 딛지 못하게 할 것임을 공언하고 그 사실을 만방에 알리기 위한 방법으로 이슬람 사원을 허물고 바로 그 자리에 어마어마한 규모의 성당을 짓게 된다. 그렇게 탄생된 것이 바로 세비야 대성당이다. 1528년에 완공된 대성당의 공사 기간은 무려 127년에 이른다.

대성당의 동쪽 입구로 들어서자마자 거대한 탑이 보인다. 바로 히랄다 탑이다. 그런데 이 히랄다 탑은 이슬람에 의해 건축된 이슬람의 유물이다. 이슬람의 모든 흔적을 지우려고 했는데 어떻게 히랄다 탑은 파괴되지 않고 남았을까? 1248년 스페인 페르난도 3세에게 항복한 이슬람의 알모아데 왕조는 이슬람 정신이 깃든 문화유산인 이 탑을 스스로 부수고 가겠다고 했다. 그러자 페르난도 3세의 아들 알폰소 10세는 "만약에 벽돌 하나라도 없어지면 세비야에 남아있는 이슬람교도를 모두 죽이겠다"고 공언했다. 그래서 히랄다 탑은 그대로 남아있게 된 것이다. 역사는 참 아이러니하다.

세비야 대성당에 들어서자마자 우리는 히랄다 탑에 올랐다. 10여 분 정도 걸어 오르니 다리가 후들거렸다. 탑의 맨 꼭대기에 다다르니 사방의 전경이 한눈에 들어온다. 천천히 전망대를 한 바퀴 돌았다. 송골송골 이마에 맺힌 땀도 식으며 눈도 마음도 시원해진다. 이 탑의 꼭대기는 원래의 모습에서 변형되어 있다. 이슬람 양식인 돔형 지붕을 허물고 꼭대기에 전망대와 풍향계가 있는 종탑이 설치되었다.

둘러보니 사방에 종들이 꽤 많이 보인다. 당시에는 미처 세어 보진 못했으나 나중에 확인해 보니 종의 수는 25개나 된다. 이 탑의 이름인 히랄다(Giralda)는 풍향계라는 뜻이다. 가톨릭 최후의 승리에 대한 믿음을 상징하는 히랄디요(Giraldillo)에서

콜럼버스의 관
스페인의 카스티야, 레온, 아라곤, 나바라 왕이 관을 들고 있는 모습

이름을 따왔다. 바람이 불면 돌아가게 만든 청동 조각상 히랄디요는 한 손에는 방패를, 다른 한 손에는 종려나무 가지를 들고 탑의 맨 꼭대기에 우뚝 서 있다.

히랄다 탑에서 내려와 대성당 안으로 들어갔다. 일단 엄청나게 큰 규모에 놀라고 금빛 제단을 비롯한 장식의 화려함에 놀랐다. 성가대석 원목 나무에 새겨진 수많은 조각상들은 무엇 하나 같은 것이 없다. 그 세밀하고 정교함에 감탄이 절로 나오며 벌린 입이 다물어지지 않았다. 드넓은 성당을 둘러보는데 그중 특이한 조각품이 눈에 들어왔다.

네 명의 왕이 들고 있는 콜럼버스의 관이다. '대항해의 시대'에 스페인 이사벨 왕의 후원으로 네 번의 항해를 떠났지만 결국 인도를 찾는 데 실패한 콜럼버스는 결국 모든 재산과 직위를 뺏겼다. 말년을 비참하게 보내게 된 이탈리아 출신의 콜럼버스는 "죽어서도 스페인 땅을 밟고 싶지 않다"는 유언을 남겼다고 한다. 그 유언에 따라 땅을 밟지 않도록 스페인의 네 왕국인 카스티야, 레온, 아라곤, 나바라의 왕이 콜럼버스가 잠든 관을 들고 있다는 것이다.

콜럼버스를 신대륙을 발견한 영웅으로 떠받드는 사람들도 있지만 이제는 전 세계적으로 다른 평가가 이어지고 있다. 특히 '신대륙'인 미국에서는 그를 침략자이자 잔혹한 학살자로 평가하며 미국 땅 곳곳에 세워진 그의 동상들이 철거되고 있다고 한다. 네 명의 왕이 들고 있는 콜럼버스의 관을 보면서 당시 해상왕국으로 등장한 유럽의 국가들이 떠오른다. 그리고 그들이 이룬 부는 다른 대륙에 대한 약탈로 이루어진 것임을 생각하니 몹시 씁쓸하다.

세비야 대성당은 규모가 너무도 커서 한도 끝도 없이 볼 게 많다. 그러다 보니 문득 뭔가 일부라도 집중해서 들여다보고 싶었다. 그때 눈에 들어온 것이 바로 스테인드글라스와 성수대다. 쨍쨍한 한낮의 햇빛이 투영된 형형색색의 스테인드글라스는 눈이 부시게 화려했다. 다채로운 색상으로 연결된 유리 조각에는 성경의 이야기가 담겨 있어 그 자체로 아름답고 신비로웠다.

화려한 아름다움도 좋지만 소박한 아름다움에도 마음이 간다. 바로 성수대다. 그동안 내가 보아온 한국의 성수대는 거의 다 성당 입구에 자리 잡고 있다. 그런데 세비야 대성당의 성수대는 입구뿐 아니라 성당 곳곳에 놓여 있다. 성당의 규모가 크기 때문인 것 같다. 성수대는 모양도 크기도 색깔도 다 다르다. 화려한 자태로 사람들의 이목을 집중시키는 수많은 장식물들에 비해 지극히 소박하다. 성당 곳곳을 다니며 성수대를 이렇게 하나하나 비교하며 들여다보는 것, 그 재미도 꽤 쏠쏠하다.

성당을 나와 바로 맞은편에 있는 알카사르로 향했다. 알카사르에서 한국어 오디오가이드를 신청했다. '작은 알람브라'라고 불리는 알카사르에 대해 좀 더 자세히 알고 싶어 신청한 건데 아쉽게도 오디오가 잘 작동되지 않았다. 교환하러 접수대로 되돌아오기엔 너무 멀었고 뜨거운 태양이 내리쬐고 있기에 그만 포기할 수밖에 없었다. 아쉬운 대로 영어 설명을 보며 다녔다. 알카사르는 세계문화유산으로 지정되어 있고, 영화 〈왕좌의 게

세비야 대성당의 화려하고 아름다운 스테인드글라스

임〉촬영지로도 유명한 곳이다.

　8세기 무렵부터 레콩키스타로 가톨릭이 세비야를 되찾기까지 약 300여 년 동안 이 지역의 주인은 무슬림이었다. 알카사르의 건축양식은 이슬람 문화를 그대로 보여주는데 아름답기가 이루 다 설명하기 어려울 정도다. 건물 곳곳에 중정이 있고 중정에는 늘 물을 뿜는 분수가 있다. 화려한 문양의 타일이 바닥과 벽, 천장을 장식하고 있고 아치 모양의 문에 정교한 조각들이 새겨져 있다.

이슬람의 정신은 '무한'의 관점이 중요하다고 한다. 끝이 없는 무한의 개념은 물이 흐르는 분수로 연결된다. 분수에서 뿜어져 나오는 물은 물이 흐르는 통로로 연결되고 그 물은 다시 분수를 통해 솟아오른다. 벽과 기둥, 천장을 장식한 아라베스크 문양도 끝없이 이어지는 무한의 세계를 상징한다.

　그늘이 있는 회랑으로 들어가 중정을 바라보았다. 가운데 물이 흐르고 있다. 조용히 흐르는 물을 보고 있자니 절로 침묵하게 된다. 한참 동안 침잠에 잠겨 있다 보니 머리가 맑아지며 '끝없이 이어지는' 그 무한의 세계에 나도 그 일부인 것처럼 느껴진다.

세비야 대성당 안에 있는 성수대
성당이 워낙 넓어 각기 다른 모양의 성수대가
곳곳에 놓여 있다

맑고 가볍고 투명한,
기타 연주에 쏟아진 눈물

뜨거운 햇빛을 차단하느라 창문마다 블라인드가 내려져 있는 건물들

은퇴 부부의 42일 자유여행

세비야에 머물며 당일치기로 인근 론다에 다녀오기로 했다. 론다는 스페인 안달루시아 지방의 말라가주 북서부에 위치해 있는 도시다. 론다는 가파른 타호 협곡에 있는 누에보 다리(Puent Nuevo)로 유명하다.

아침 9시 론다행 버스를 타러 터미널로 갔다. 택시에서 내려 터미널로 들어섰는데 론다행 버스 안내판이 보이지 않는다. 뭔가 이상하다 싶어 터미널 이름을 확인하니 아뿔싸, 잘못 찾아온 거다. 곧바로 나가 다시 택시를 잡아타고 플라자 데 아르마스 터미널로 갔다. 이번엔 실수하면 안 된다 싶어 터미널 이름을 몇 번이고 확인하며 출발했다. 허겁지겁 도착해 보니 다행히 버스 시간을 맞출 수 있었다. 아침 일찍 시간 여유를 가지고 나와서 다행이다. 이제 이 정도 실수쯤이야 아무것도 아니다.

버스에 올라 차창 밖을 보니 드넓은 평원이 펼쳐져 있다. 평원 가득 자라는 나무는 올리브 나무로 보인다. 버스는 3시간을 달려 드디어 론다에 도착했다. 내리자마자 화장실에 가려고 했으나 화장실 앞에 줄을 선 사람들이 너무도 많았다. 모두 론다를 보러 온 여행객들이었다. 주위를 둘러보니 카페테리아가 보였다. 커피도 한 잔 마실 겸 카페로 들어가 화장실에 다녀온 후 자리를 잡고 앉았는데 메뉴 사진의 추로스가 눈에 확 들어온다. 전에 추로스를 맛있게 먹었던 기억이 떠올라 구미가 당겼다.

간식으로 먹을 요량으로 추로스와 초코라테를 주문했다. 여행 책자에서 론다의 주민들은 보통 아침 식사로 추로스와 카페 콘 레체(카페라테)를 먹는다는 걸 본 기억이 났다. 아침 식사로 나온다기에 간단할 줄 알았는데 그렇지 않았다. 2인분으로 나온 추로스는 양이 엄청 많았다. 막대 모양의 한국 추로스와는 달리 둥글고 길게 말린 모양이었다. 바삭한 추로스를 초코라테에 찍어 먹으니 그 달콤함이야 어디 비할 바 있겠는가. 입안 가득한 달콤함에 잠시 취해 있었으나 먹다보니 어느 순간 느끼함이 쑥 올라오고 배는 부를 만큼 불러 있었다. 남편은 전날 론다에 관한 책자를 보며 론다의 유명 맛집에서 소꼬리찜을 먹을 계획을 세우고 있었다. 그런데 어쩌다 추로스로 배를 채우다 보니 더 먹을 수가 없었다. 소꼬리찜은 그만 멀리 날아가 버렸다. 지금도 남편은 소꼬리찜을 먹지 못하고 온 것을 몹시도 아쉬워하고 있다.

소화도 시킬 겸 론다의 상징 누에보 다리를 향해 걷기 시작했다. 10분 정도 걸으니 누에보 다리가 보인다. 누에보는 '새로운(New)'이라는 뜻이다. 1735년에 타호 협곡 위로 신시가지와 구시가지를 잇는 다리를 만들었는데 어처구니없게도 완공된 지 8개월 만에 그만 무너져 버리고 말았다. 이 충격을 딛고 다시 다리를 만들기 시작했는데 튼튼하게 만들려다 보니 완공까지

추로스와 초코라테

무려 42년이 걸렸다고 한다.

　이렇게 만들어진 다리는 '새로운 다리'라 해서 이름이 '누에보 다리'다. 누에보 다리의 길이는 30미터로 비교적 짧다. 그러나 높이가 무려 98미터나 된다. 다리 위에서 아래를 내려다보면 아찔하기 그지없다. 누에보 다리는 3층 구조로 되어 있다. 협곡 바닥부터 한 개의 아치가 1층, 그 위에 길쭉한 타원형 아치가 2층, 마지막으로 조금 짧은 아치가 맨 위의 상판을 지지하고 있다.

　다리 위에서 협곡을 내려다보면 소름이 돋을 정도로 섬뜩하다. 이끼가 잔뜩 끼어 있는 커다란 바위들 사이로 마치 영혼을 불러들이는 듯한 서늘한 기운이 느껴진다. 웅장하면서도 기괴하며 동시에 짜릿하면서도 오묘하다. 오만 가지 생각을 떠올리게 하는 이 누에보 다리 위로 여행자들이 가득하다.

타호 협곡을 잇는 누에보 다리 위 오른쪽에 자리한 파라도르

　누에보 다리 옆으로는 협곡을 전망으로 한 파라도르가 멋들어지게 자리 잡고 있다. 파라도르는 유서 깊은 옛 수도원 같은 건물을 리모델링한 고급 숙박시설이다. 깊은 협곡 위 누에보 다리와 파라도르는 헤밍웨이의 소설 『무기여 잘 있거라』의 모티브가 되기도 했단다.

　　　　　　　　　　　　　　　　은퇴 부부의 42일 자유여행

누에보 다리 끝에 돌로 된 의자가 있다. 의자에 앉아 한참을 내려다보고 있는데 갑자기 남편이 움직이기 시작한다. 좀 더 다녀보자고 한다. 나는 발이 아파 여기서 쉬겠다고 하고 혼자 다녀오라고 했다. 남편이 떠난 후에도 나는 협곡에 마음을 뺏긴 채 시간 가는 줄 모르고 상념에 젖어 있었다.

얼마 후 남편이 돌아왔다. 누에보 다리를 보는데 최적인 장소를 찾았다며 가보자고 한다. 한낮의 땡볕에 나는 지쳤고 발이 아파 더 못 걷겠다고 했다. 날이 갈수록 더워지고 발이 아프다 보니 슬슬 의욕마저 꺾이는 중이었다. 그런데 남편은 포기하지 않았다. 가보자고, 안 가면 후회한다고 계속해서 재촉한다. 여기서 보나 다른 곳에서 보나 뭐 그리 다르겠나 싶었지만 하도 권하니 혹시나 해서 따라나섰다.

남편의 팔에 의지한 채 골목을 돌아 십여 분 정도 아래로 내려갔다. 남편이 봐 두었다는 장소에 도착했다. 그런데 정말 놀라운 장면이 펼쳐져 있다. 그야말로 최적의 뷰 포인트다. 위에서 보던 풍경과는 사뭇 다르다. 거대한 협곡의 커다란 바위 정면이 시야에 들어온다. 눈을 들면 누에보 다리가 저 위로 보인다. 아래에서 올려다보니 누에보 다리의 형상도 달리 보인다. 보는 위치에 따라 풍경이 달라진다는 말처럼 위치가 바뀌니 다른 장면이 펼쳐진다. 주변의 풍경은 보이는 족족 기가 막힌 장관이다. 남편 말을 듣고 따라 내려오길 잘했다 생각이 들었다.

누에보 다리를 건너 동네를 걸었다. 기다란 골목 양쪽으로 온통 흰색 상가 건물들이 들어서 있다. 건물 2층에 난 창문 모습이 특이하다. 창문마다 나무 재질의 블라인드가 내려져 있는데 실내가 아니라 모두 창문 바깥으로 드리워져 있다. 스페인 남부 지방의 뜨거운 햇빛을 차단하느라 그리 해 둔 것 같다. 더위에 취약한 나는 그 방식이 십분 이해된다.

걷다 보니 성당이 보인다. 산타마리아 라 마요르 성당이다. 이슬람 사원이 있던 자리에 만들어진 성당으로 외관에서 얼핏 이슬람 양식도 느낄 수 있다. 이 성당은 론다의 수호성인을 기리는 곳이라고 한다.

더 가니 작은 박물관이 나타났다. 타일로 덮인 외벽에 글이 쓰여 있다. 번역기를 돌려보니 '역사적 기억, 유명한 전설, 웅장한 자연의 숭고한 효과, 어렵고 알려지지 않은 길'이라고 적혀 있다. 이어서 '론다는 무모한 여행자의 호기심을 끌 수 있는 모든 것을 갖추고 있다'라고도 쓰여 있다.

'웅장한 자연의 숭고한 효과'와 '무모한 여행자의 호기심을 끈다'는 문구를 보자 갑자기 마음이 요동쳤다. 읽고 또 읽으며 무슨 뜻인지 음미해 보았다. '자연의 숭고함'과 '여행자의 호기심'이라는 문구는 그다지 어울리는 문구가 아니라고 생각했다.

은퇴 부부의 42일 자유여행

론다의 한 작은 공원의 기타 연주자

그런데 생각하면 생각할수록 이 두 문구는 서로 착착 감기는 느낌이다. 마치 씨줄 위에 날줄이 얹어진 것처럼 그 어우러짐이 당연한 것처럼 느껴진다. 뭔가 결실이 맺어지는 것 같다고 할까. 나이 들어 은퇴 후, 영어도 못하면서 패키지 여행 대신 배낭여행을 택한 우리 부부가 자연 앞에 서서 그 숭고함을 온몸으로 느끼는 바로 지금을 말하는 것 같았다. 그러고는 마침내 내가 이 글을 읽으려고 여길 왔나 싶은 생각마저 일었다.

지도를 보며 전망대를 찾아 걷다 보니 자그마한 공원이 나온다. 커다란 나무들이 늘어선 공원은 곳곳에 시원한 그늘이 드리워져 있다. 그늘 어딘가에 앉아 쉬고 싶었다. 때마침 버스킹하는 사람들도 보이고 아름다운 기타 선율도 들린다. 그늘진

곳의 벤치를 찾아 앉았다.

기타 연주가 가깝게 들린다. 맑고 가벼운 투명한 소리다. 그런데 그 소리가 귀에 들어온 지 얼마 안 되어 갑자기 눈물이 왈칵 솟았다. 가슴이 미어지고 먹먹했다. 그러고는 솟구치는 눈물을 주체할 수 없었다. 무슨 일인지, 왜 그런지 이유를 모르겠다. 사람들이 볼까 싶어 고개를 돌리며 연신 주먹으로 눈물을 훔쳤다. 지금 떠올려 봐도 이유를 알 수 없다. 기타 선율에 눈물이 솟다니 정말 특이한 경험이었다. 그런 게 음악인가 그저 짐작해 본다. 한참 동안 기타 연주에 빠져 있다가 홀연히 정신을 차리고 연주자에게 다가갔다. 꽤 많은 CD가 쌓여 있고 판매 중이다. 본인이 작곡한 음악이란다. 아름다운 연주에 감사를 전하고 한 장 사서 돌아 나왔다.

세비야로 돌아와 장 봐온 식재료로 숙소에서 간단하게 저녁을 해 먹었다. 잠시 쉬다 스페인 광장에 가려고 8시쯤 나왔다. 세비야는 저녁 8시가 되어도 날이 환하다. 거리에 나서자마자 한데 모여 있는 군중을 만났다. 빨간 유니폼을 입은 축구 응원단이다. 모두 손뼉을 치며 합창을 한다. 응원 열기가 어찌나 뜨거운지 거리가 들썩이는 것 같다. 응원단은 젊은 사람들만 있는 게 아니다. 여성도 남성도 나이 든 사람도 젊은 사람도 다 섞여 있다. 어린아이들도 어우러져 신나게 춤추며 손뼉을 치고 노래한다. 골목을 가득 메운 시민들은 차가 들어서면 양쪽으로 갈라져서 길을 내어 준다. 차가 지나가면 응원가를 부르며 차량의 보닛을 손바닥으로 두드린다. 차량의 운전자는 싫은 내색은커녕 함께 웃고 노래하며 천천히 빠져나간다. 차 한 대가 지나가면 다음 차를, 또 이어서 지나는 차를 계속해서 두드리며 노래한다. 모두 다 신났고 그 신명은 전염이 되는지 우리도 따라서 덩달아 신났다.

뜨거운 열기 속 저 멀리에서 커다랗고 까만 차가 나타났다. 경찰차가 오고 있다. 들어서는 경찰차에 사람들이 어떻게 할지 궁금했다. 경찰차가 가까이 오자 차마 경찰차에 손을 대지는 않는다. 그러나 여전히 박자에 맞춰 손뼉 치고 노래한다. 경찰차라고 무서워하거나 위축됨이 없다. 이윽고 경찰차가 멈추고 문이 열리더니 무장을 한 경찰 대여섯 명이 내린다. 웃음기 없는 단호하고 딱딱하게 굳은 표정이다. 길을 메울 정도로 시민들이 가득하니 사고가 날까 염려해서 배치된 것 같다. 하지만 내 예상과 달리 경찰들은 시민들을 제지하지 않는다. 그저 주위를 살피며 허리춤에 손을 얹은 채 거리에 우뚝 서 있다. 경찰이 차에서 내리는 그 순간 잠시 노랫소리가 작아지는가 싶었지만 어느새 다시 박자를 딱딱 맞춘 노랫소리가 거리를 울렸다. 함성과 박수, 노래가 가득한 스페인은 역시 축구다.

천년의 시간이 녹아든
다리를 건너다

메스키타 대성당 외관
종탑에서 종소리가 울리며 360도 회전하는 종이 보인다

코르도바는 스페인 남부 안달루시아 지방에 있다. 약 1,200여 년 전, 스페인 남부를 지배했던 이슬람의 코르도바 칼리프 왕조의 수도였던 곳이다. 코르도바 역사지구는 로마 시대부터 16세기까지의 다양한 문화적 유산이 남아 있어 1984년 유네스코 세계문화유산으로 지정되기도 했다.

세비야에서 머물며 당일치기로 코르도바에 다녀오기로 했다. 세비야 역에서 8시 기차를 탔는데 50분을 달리니 코르도바 역이다. 역에서 택시를 타고 드디어 그 유명한 메스키타 대성당에 도착했다. 메스키타는 '이슬람 사원'이란 뜻이다. 이슬람 사원과 대성당이라니, 명칭부터 호기심을 자극했다. 오랜 기간 성전이란 이름으로 전쟁을 벌이며 극단의 대립으로 치달은 두 종교가 어찌 한 건물에 녹아 있을 수 있나, 궁금하기 그지없다.

메스키타 대성당 입구에 들어섰고 입장권 판매소를 지나 당당하게 무료로 입장했다. 사전에 안내 책자를 보니 8시 30분에서 9시 30분 사이에 입장하면 입장료가 무료라고 했다. 귀한 정보다 싶었고 숙소에서 서둘러 나와 9시 이전에 입장할 수 있었다. 1인당 11유로의 입장료를 아낀 것이 몹시도 기분이 좋았다. 공짜는 그 어디에서도 좋다.

메스키타 대성당은 원래 코르도바를 정복한 이슬람이 메카(이슬람의 창시자 무함마드의 출생지)에 버금가는 규모로 지은 모스크였다. 후에 이 지역을 다시 지배한 가톨릭이 이 모스크를 대성당으로 증축했다. 이슬람 사원으로 건축되었으나 이후 가톨릭 성당이 된 것이다.

성당 내부로 들어섰는데 너무도 특이했다. 내가 알던 성당과는 매우 달랐다. 제일 먼저 눈에 띈 것은 수많은 기둥과 기둥 위의 아치들이다. 아치는 붉은 벽돌과 흰 벽돌이 교차된 줄무늬 모양이다. 딱 보자마자 대표적인 이슬람 양식임을 알 수 있었다. 아치를 받치고 있는 기둥은 가로 세로로 끝도 없이 길게 늘어서 있다. 나중에 확인해 보니 기둥의 수는 모두 855개란다. 실내에 기둥이 855개라니 얼마나 넓은지 보지 않은 사람이라도 그 규모를 짐작할 수 있을 것이다.

이슬람 양식의 아치와 기둥 사이로 십자가에 달린 예수상이 보인다. 십자가 예수상이 이렇게도 존재할 수 있다니 너무도 놀라웠다. 무척이나 낯설고 경이롭다. 긴 줄에 달려 내려온 중세의 등잔은 스테인드글라스를 배경으로 오묘한 느낌을 자아낸다. 황금 모자이크로 장식된 이슬람의 미흐라브(모스크의 사방 벽 중에 이슬람교도가 기도하는 메카 방향에 만들어진 아치형 감실)와 황금으로 장식된 십자가 형상이 한 장소에 공존하는 게 너무도 신기하다. 극한 대립의 역사를 가진 두 종교의 양식이 한자리에 있다니, 그것도 이렇게 직설적으로? 믿어지지 않을

메스키타 대성당 내부
수많은 기둥 위에 붉은색과 흰색이 교차된 아치가 특이하다

정도로 놀라웠다. 보면 볼수록 기묘하고 경이롭기까지 하다.

눈에 들어오는 장면마다 감탄하며 구경을 하고 있는데 갑자기 경비 복장을 한 사람들이 나타났다. 둘러보는 관광객들에게 무언가를 안내하는 모양이었다. 이어 방송이 흘러나오는데 무료로 볼 수 있는 시간은 9시 30분까지이고 이제 시간이 되었으니 모두 나가라는 거다. 들어오려면 새로 입장권을 구매해야 한단다. 9시 30분까지만 무료로 볼 수 있는 것이었다. 안내 책자의 내용을 제대로 이해하지 못했던 우리는 당황했지만 무료 관람시간이 끝날 무렵까지 둘러본 후에야 성당을 나섰다. 유료로 여유 있게 보는 것도 좋겠다는 생각이 들었다.

밖으로 나오니 온갖 나무가 아름답게 늘어선 정원이다. 정원에는 아름드리 오렌지 나무가 열을 맞춰 서 있고 중간중간 길쭉하고 높다랗게 큰 사이프러스 나무들도 있다. 사이프러스 나무, 고흐 같은 유명한 화가의 그림에서만 보던 것인데 내 눈앞에 늘어서 있으니 몹시 신기하다. 이 오렌지 나무 정원은 예전 이슬람 시절엔 성전에 들어가기 전에 몸을 씻는 장소였다고 한다.

메스키타 대성당의 외관을 찬찬히 둘러보았다. 기다란 대성당 벽면의 끝에 위로 높이 솟은 종탑이 보인다. 원래는 이슬람의 기도 시간을 알려주는 미나레트라는 탑이 있었는데 지금은 그 자리에 바로크 양식의 가톨릭 종탑이 들어서 있다. 갑자기 '댕댕 댕댕' 종소리가 들린다. 소리 나는 곳으로 올려다보니 종탑의 종이 360도 회전을 하며 빠르게 돌아가고 있다. 주변의 사람들도 놀라며 모두들 종탑을 쳐다본다. 종소리가 멈출 때까지 한참을 그 자리에 멈춰 서 있었다. 종소리가 온몸을 좋은 기운으로 감싸주는 것만 같다. 종소리를 들으며 마지막까지 무사히 여행을 잘 마칠 수 있도록 기도했다.

정원과 성벽을 둘러보고 과달키비르 강으로 갔다. '코르도바의 로마교'가 길게 뻗어 있고 다리에는 사람들이 가득하다. 다리 입구에는 개선문이 자리 잡고 있다. 이 로마교는 로마의 초대 황제 아우구스투스 시대에 만들어졌는데 오랜 세월을 거치며 수도 없이 파괴되고 또 복구되었다고 한다. 지금의 다리는 코르도바를 차지한 이슬람 세력이 건설했지만 이후 가톨릭 세력이 들어서 또다시 복구했다. 중간중간 보수를 한 다리지만 무엇보다 교각의 아름다움은 빛을 발한다.

오랜 시간에 걸쳐 수많은 보수를 해 온 이 다리의 시작이 로마 시대임을 떠올리니 한 발 한 발 내딛는 것조차 감개무량했다. 천년의 시간을 온 마음으로 받아들이며 다리를 건넜다. 로마 시대의 공기와 접촉한 듯 뭔가 뭉클함이 올라왔다. 마치 천년의 시간을 거슬러 올라가는 느낌이다.

다리를 건너다보니 중간에 석상이 세워져 있고 앞에는 꽃으로 장식된 제단이 있다. 지나는 사람들이 그 앞에 서서 기도를 하고 초를 봉헌한다. 석상의 주인공은 코르도바의 수호성인 대천사 라파엘이다. 17세기에 페스트가 창궐했는데 대천사 라파엘이 코르도바를 그 재앙에서 구해냈다고 믿으며 기리는 것이다. 우리도 잠시 멈춰 서서 초를 봉헌하며 기도했다.

로마교를 건너니 식당이 여러 개 보인다. 한참 걷다 보니 다리도 아프고 배도 고팠다. 점심을 먹으려고 그중 한 카페테리아에 들어갔다. 사람들이 많아서인지 주문하는데도 시간이 오래 걸린다. 먼저 음료를 주문했다. 그리고 식사를 주문하려고 하니 식사 주문은 끝났다고 한다. 아니, 밥을 먹으러 들어왔는데

밥은 못 먹고 이게 뭔 일이람 싶었지만 음료는 이미 주문이 되어 그냥 나갈 수도 없다. 빨리 계산하고 나가고자 했으나 도대체 직원의 얼굴을 볼 수가 없다. 손을 든 지 한참 후에야 간신히 한 직원과 눈을 맞춰 계산서를 갖다 달라고 했다. 그리고 또 한참 후에 계산서가 왔고 그제야 비로소 결제를 하고 나올 수 있었다. 계산하고 나오는 것도 이리 힘들다니, 한국처럼 계산대에 가서 서면 직원이 와서 계산해 주는 문화가 그리웠다.

다시 로마교를 건너 식당을 찾으러 메스키타 대성당 근처 골목을 다니는데 식당 대신 아름다운 골목길이 눈에 들어온다. 온통 흰색의 벽에 파란 화분이 걸려 있고 화분에는 빨간색 꽃, 분홍색 꽃들이 화사하게 피어 있다. 벽에 달린 꽃들만으로 이

은퇴 부부의 42일 자유여행

렇게 기분이 좋아질 수 있는지, 연신 웃음이 피어난다.

상점들이 들어선 좁은 골목에는 관광객들이 가득하고 어깨를 부딪힐 정도로 좁은 길에서는 먼저 지나가라고 비켜주며 길을 양보하기도 한다. 그러다 보니 상대의 얼굴을 자연스레 보게 되고 서로 눈인사를 하며 지나게 된다. 태어난 곳과 사는 곳이 달라도 우리는 자연과 역사, 문화를 사랑하는 하나의 세계시민이 아닐까 싶다.

거울을 파는 한 상점 앞에서 걸음을 멈췄다. 메스키타 대성당에서 본 기둥 위의 아치를 본뜬 형상의 거울이 있다. 흰색과 붉은색이 교차된 아치와 무한과 영속을 상징하는 이슬람 문양이 코르도바를 상징하는 것 같았다. 두고두고 코르도바를 기억하기엔 바로 이거지, 생각하며 거울을 샀다. 여행에서 돌아와 지금은 창문 옆에 두고 수시로 본다. 그러면 그 당시가 떠오르며 절로 웃음이 배어나온다.

세비야로 돌아갈 기차 시간에 맞추려면 이제 식당에서 밥 먹는 건 틀렸다. 택시를 타고 기차역으로 갔다. 결국 기차역에서 샌드위치를 사서 기차에 올랐다. 차창 밖을 보며 샌드위치를 먹는데 왜 그렇게 맛있는지, 역시 시장이 반찬이다.

아름다운 스페인 광장,
또다시 올 수 있을까

수로가 펼쳐져 있는 세비야의 스페인 광장

은퇴 부부의 47일 자유여행

세비야에도 스페인 광장이 있다. 스페인 광장은 두 번 방문했는데 처음 갔을 때는 한낮이라 너무 더워 한 바퀴 훌쩍 둘러보고 돌아왔고 두 번째는 오후 늦게 가서 밤까지 있었다. 낮과 밤의 스페인 광장은 사뭇 다르다.

거리에는 카페들이 즐비해 있고 오후임에도 뜨거운 태양을 피하려는 손님들이 카페에 가득하다. 가급적 그늘진 쪽으로 걸었다. 걷다 보니 길가에 가로수인 듯 높은 야자수들이 있다. 그런데 야자수 옆에 난생처음 보는 나무들이 함께 늘어서 있다.

나무가 온통 보라색이다. 전체가 보라색인 꽃나무는 처음이라 너무도 신기했다. 떨어진 꽃을 주워 들고 검색해 보았다. '자카란다'라는 이름으로 '아프리카 벚나무'라고도 불린단다. 한국에서 자주 보던 라일락도 보라색이긴 하지만 크기가 비교가 안 된다. 높고 커다란 나무에 온통 보라색 꽃이 한가득 달려 있는 게 너무도 신비롭게 느껴졌다. 그 자리에서 한참을 보고 또 보았다.

좀 더 걸어가니 드디어 스페인 광장이 나온다. 스페인 광장은 마리아 루이사 공원에 있다. 이곳은 원래 궁전의 정원이었는데 소유주였던 스페인의 왕녀 마리아 루이사가 1893년 세비야 시에 정원의 절반을 기증해 공원으로 조성되었다. 이에 시는 그의 이름을 따 이곳을 마리아 루이사 공원으로 명명했다.

세비야의 스페인 광장은 1929년 개최된 이베로 아메리카 박람회장으로 사용하기 위해 조성되었다. 참고로 이베로 아메리카 공동체는 22개국으로 이루어져 있는데, 언어와 문화를 기반으로 이베리아 반도와 중남미 나라의 협력과 교류를 증진하려는 목적으로 출범했다고 한다.

이 광장은 스페인의 건축가 아니발 곤잘레스가 총책임자로 1913년 공사를 시작해 1916년에 완공되었다. 반원형 모양으로 길게 늘어선 건물과 회랑은 바로크 양식과 신고전주의 양식이 혼재되어 있다. 건물의 1층 벽면은 한 칸 한 칸 구획되어 있는데 각각의 공간은 다양한 색깔의 아줄레주 타일로 장식되어 있다.

구획된 공간마다 벽에는 스페인의 도시 이름과 그 도시에 얽힌 역사적 사건이 그려져 있다. 그리고 바닥에는 각 도시의 지도가 그려져 있다. 남편과 나는 아는 도시가 나오면 서로의 지식을 방출하며 이야기를 뿜어냈다. 여행 계획을 짜느라 사전학습이 된 남편 앞에서 나는 금세 입을 다물긴 했다. 그래도 하나하나 지도를 보고 그 도시의 이야기를 그림으로 보며 걷는 재미가 꽤 쏠쏠했다.

건물 안으로 들어가 회랑을 따라 걸었다. 길게 뻗은 회랑은 그 자체가 넓기도 하다. 그늘이 있는 회랑의 한 공간에서 공연이 펼쳐지고 있다. 연주자들의 반주에 맞춰 젊은 여성 둘이 의

'자카란다'라는 이름의 아프리카 벚나무

상을 갖춰 입고 플라멩코를 춘다. 열 명 남짓한 관객이 열정적으로 호응하고 있고 우리도 같이 앉아 박자를 맞춰 열심히 손뼉을 쳤다. 세비야 시내를 다니다 보면 플라멩코 의상을 파는 상점이 많이 보인다. 역시 스페인 남부는 플라멩코다.

둥글게 반원형으로 휘어 있는 건물을 따라 수로가 흐르고 있다. 수로에는 한가로이 보트를 타는 사람들도 보인다. 바람에 물결이 살랑거리고 물에 건물이 반사되어 그대로 비추는데 데칼코마니가 따로 없다. 시간이 지남에 따라 빛의 길이가 달라지고 물에 비친 건물의 길이와 색감이 달라진다. 광장의 중앙에는 분수가 물을 뿜고 있고 그 분수를 배경으로 곳곳에 버스킹하는 사람들이 있다. 어떤 여성 관광객 한 사람은 노래하는 사람의 바로 앞에 앉아서 해가 질 때까지 그의 연주와 노래를 감상하고 있었다. 대단한 열정이다.

관광객을 태운 마차가 광장을 가로지른다. 이 광장에도, 세비야 시내에도 관광객을 태운 마차를 어렵지 않게 볼 수 있다. 그러나 우리는 마차 타는 것을 지양한다. 그 말의 운병이라 해도 말을 채찍으로 때려가며 운행하는 마차를 타는 게 몹시 거슬리기 때문이다.

아름다운 꽃이 흐드러지게 피어 있는 연못 주변으로 아줄레주 장식의 벤치들이 있다. 한참을 걷고 나니 다리가 아프고 발목도 부어 있다. 이 벤치가 내 자리려니 하고 일단 앉았다. 그리고 잠시 후엔 아예 누워 버렸다. 광장이 워낙 넓어 옆을 지나가는 사람도 별로 없고 또 보면 좀 어떠랴 싶었다. 누우니 붉은빛으로 물들어가는 하늘이 눈에 들어온다. 바람이 이마를 스치고 버스킹의 기타 선율이 귓가를 맴돈다. 지금 이 순간, 그 자체가 평화다.

이윽고 해가 지면서 광장의 조명이 하나둘 켜진다. 분수의 색깔은 파란색으로 변한다. 햇빛을 입은 광장과 밤의 조명 아래 광장은 매우 다르다. 전자가 이글거리는 태양 아래 들썩이는 시간이라면 후자는 차분하고 고요한 침잠의 시간이다.

은퇴 부부의 42일 자유여행

스페인의 여러 도시들을 여행하며 스페인 광장을 많이 보았지만 우리는 세비야의 스페인 광장을 가장 아름다운 광장으로 꼽는 데 주저함이 없다. 언제 다시 올 수 있을까 싶은 마음에 밤늦도록 광장과 분수와 건물과 회랑을 눈에 담고 마음에 새겼다. 그렇게 밤 10시가 되어서야 광장을 나섰다.

　세비야의 투우장은 스페인에서 가장 오래된 투우장이라고 한다. 투우라는 행위 자체가 동물 학대라고 생각하는 나는 아무리 유서 깊고 유명한 곳이라 해도 결코 가보고 싶지 않았다. 몇 년 전부터 투우를 중단한 상태라고 하지만 생각을 떠올리기만 해도 마음이 편치 않았기 때문이다. 남편은 투우 경기가 아닌 투우장을 구경하고 싶어 했다. 땡볕에 지치고 다리까지 부어오른 나는 집에서 쉬기로 하고 남편은 투우장에 다녀왔다. 남편은 투우장과 전시된 자료들은 스페인의 문화로서 흥미로웠지만 회랑과 전시실 곳곳에 걸린 박제된 소들의 머리는 보기 힘들었다고 한다.

　다음 날 눈을 뜨니 아침부터 덥다. 오늘은 그동안 알던 세비야와는 다른 모습을 보러 갔다. 바로 메트로폴 파라솔이다. 세비야는 역사와 문화 유적만 가득한 곳이 아니다. 메트로폴 파라솔은 초현대식 건물로 세비야의 또 다른 상징이라 할 수 있다. 메트로폴 파라솔은 부분적으로 보면 와플 모양인데 전체를 보면 마치 버섯을 닮았다고 해서 스페인 사람들은 라스 세타스 (Las Setas)라고 부른다. 라스 세타스는 버섯이란 뜻이다.

2011년 완공된 이 건물은 주로 목재로 만들어졌고 세계 건축 학도들의 필수 견학 코스라고 한다. 메트로폴 파라솔은 야외 공원과 박물관, 그리고 전망대로 이루어져 있다. 우리가 도착 하니 야외 공원에서는 몇몇 청소년들이 비보잉을 하고 있다. 안 전한 공간에서 음악에 맞춰 춤으로 자신을 표현하는 모습이 매 우 자유로워 보인다. 그늘진 건물의 벽에 기대어 책을 읽고 있 는 사람, 삼삼오오 모여 담소를 즐기는 사람들도 보인다. 예전 에 이 광장에서는 전통시장이 열렸고, 전통시장을 재개발하던 중 로마 시대와 이슬람의 유적들이 발견되었단다. 현재 이 유물

해가 지고 난 후의 메트로폴 파라솔 야경

은퇴 부부의 42일 자유여행

들은 메트로폴 파라솔 박물관에 전시되어 있다.

우리는 입장권을 구매한 후 곧바로 엘리베이터를 타고 전망대로 올라갔다. 전망대에 오르니 세비야 시내 전체가 눈에 들어온다. 메트로폴 파라솔 건물 자체는 3,400여 개의 목재를 결합해 만들었다. 목재 한 장 한 장의 이음새를 살펴보며 이어진 길을 따라 걸었다. 부분을 보면 별것 아닌 것 같은데 전체를 보면 놀라운 건축물이다. 이어진 면과 면 사이로 빈 공간이 나타나는데 위치에 따라 보이는 풍경이 다르다. 여백이 있어 자유로운 호흡이 가능하다는 느낌이 들었다.

커다랗게 휘어진 길을 따라 걷다 보니 건물의 가장 높은 위치에 도착했다. 그런데 한쪽으로 유난히 사람들이 몰려 있다. 잠시 후 이유를 알게 되었는데 그 방향으로 해가 떨어지고 있고 석양을 보려는 사람들이 한쪽으로 몰려 있는 거다. 해 지는 서쪽을 향해 조금이라도 더 좋은 장면을 보려는 사람들이 빽빽이 늘어서 있고 좀처럼 자리를 비우지 않는다. 한 사람이 빠져나가면 다른 사람이 금세 그 자리를 채운다. 그걸 보니 우리도 해지는 장면을 정면에서 보고 싶다는 욕망이 피어올랐다.

잠시 후에 우리가 들어갈 빈자리가 생겨 얼른 들어갔다. 솔솔 부는 바람에 휴식을 취하며 계단에 앉아 기다렸다. 하늘이 붉은색으로 그리고 보라색으로 물들어간다. 마침내 해가 지평선 너머로 쑥 내려갔다. 손톱만큼 남은 해가 사라지는 그 순간, 색색의 조명이 하나둘 켜진다. 흰색의 나무 구조물은 붉은색에 이어 초록색 그리고 파란색과 보라색으로 차례차례 바뀐다. 어두워지는 밤하늘 아래 물 흐르듯 부드럽게 변하는 색색의 건물이 황홀경 그 자체다. 가히 세비야의 랜드마크로 불릴 만하다.

5월 초, 세비야 한낮의 기온은 36도다. 조금만 걸어도 땀이 뚝뚝 흐른다. 가뜩이나 더위에 약한 나는 날이 갈수록 올라가는 더위에 쉽사리 지쳤고, 무엇보다 조금만 많이 걸으면 부어오르는 발목 때문에 몹시 힘들었다. 밤마다 발목에 파스를 붙이고 냉찜질을 한 덕분에 그나마 여행을 지속할 수 있었다. 세비야의 더위에 지쳐가는 나와는 달리 남편은 점점 더 활기차 보였다. 모로코에서도 그랬지만 세비야에서도 신나게 다닌다. 스페인은 더워야 제맛이라나? 호기심 요정이라도 합체되었는지 온갖 것을 다 궁금해한다. 아이고, 부부가 이렇게 다르다.

세비야 거리 곳곳에서 간혹 피어오르는 지독한 냄새도 나를 힘들게 했다. 관광객을 태운 마차가 거리를 활보했는데 말이 수시로 쏟아내는 오줌 냄새가 바로 그 주범이었다. 지금도 세비야를 떠올리면 고고한 아름다움을 간직한 역사문화의 도시라는 사실과 함께 지독한 말 오줌 냄새가 동시에 떠오른다.

이제 세비야를 떠나야 한다. 남은 바게트와 올리브유, 치즈와

환타(오렌지 과즙이 들어 있어 한국의 환타와는 차원이 다르게 맛있다)로 아침을 먹고 에스프레소를 내려 마셨다. 청소를 마치고 음식 쓰레기와 재활용품을 버리러 나갔던 남편이 한참 만에야 돌아왔다. 수거 장소가 숙소에서 꽤 먼 곳에 있어서 물어물어 가서 버리고 왔단다. 발목이 편치 않은 나로 인해 혼자 고생하는 남편이 안쓰럽고 미안했다. 이제 6일간의 세비야 일정을 마치고 그라나다로 간다.

버섯 모양의 메트로폴 파라솔 전경

알람브라 궁전에서 듣는
⟨알람브라 궁전의 추억⟩

건축물과 이를 비추는 연못의 조화가 너무도 아름다운 아라야네스 정원

은퇴 부부의 47일 자유여행

세비야 숙소에서 나와 택시를 타고 그라나다로 가는 버스터미널에 도착했다. 승강장에 가보니 그라나다행 버스 두 대가 나란히 있다. 버스 전면에는 출발 시간표가 붙어 있다. 어, 그런데 두 대 모두 출발 시간이 동일하다. 버스를 한 바퀴 둘러보아도 두 대가 똑같다. 어떤 버스를 타야 하는 걸까 고민하며 한 버스로 가서 운전기사에게 티켓을 보여 주었다. 자기 버스가 맞다고 한다. 한 번 더 확인하는 차원에서 옆 버스의 직원으로 보이는 사람에게 티켓을 보여 주었다. 그 사람은 또 자기 버스가 맞다고 한다. 난감해하고 있는데 탑승하러 줄 서 있던 승객 중 한 사람이 다가와 티켓을 보여 달라고 한다. 그러더니 그라다나행 버스는 1, 2가 있는데 내 티켓은 1이라고 적혀 있으니 이 버스가 맞다고 알려준다. 그제야 버스 앞에 있는 번호 1과 2가 눈에 들어온다. 별것 아닌데도 긴장을 하다 보니 눈에 보이지 않았던 거다. 머쓱했지만 다 같이 크게 웃었다. 고맙다고 인사하고 버스에 올랐다.

버스는 3시간을 달려 그라나다에 도착했다. 여기 버스는 어째 중간에 쉬지를 않는다. 택시를 타고 예약해 둔 숙소로 들어왔다. 깔끔하고 매우 쾌적하다. 세비야의 숙소에 비해 가격이 저렴한데도 훨씬 좋다. 짐을 대충 풀고 5시쯤 밖으로 나갔다.

그라나다에서의 첫날, 플라멩코 공연을 보기로 했다. 남편이 공연 예약을 하며 극장식 공연장에서도 볼 수 있고 동굴에서 하는 공연도 볼 수 있다고 했다. 동굴에서의 공연이 무용수들을 가까이 볼 수 있다고 해서 우리는 동굴 공연을 택해 예약을 했다. 그라나다 누에보 광장을 한 바퀴 돌고 버스를 타고 공연장으로 갔다. 버스에서 내려 공연장까지는 오르막길을 걸어가야 한다. 걷다 보니 오른쪽 저 멀리 붉으색 건물들이 보인다. 그 유명한 알람브라 궁전이다. 존재 자체가 신비롭다.

드디어 플라멩코 동굴 공연장에 도착했다. 안내를 받아 들어간 동굴은 예상보다 넓고 환했다. 예약한 사람들이 하나둘 자리에 앉았고 좌석이 다 차자 서비스로 음료를 내어 준다. 우리는 와인을 주문했고 한 모금 마시며 옆 사람들과 눈인사를 나눴다.

곧이어 중앙의 조명이 꺼지고 공연이 시작되었다. 음악이 흐르며 탭 댄스처럼 '딱딱딱' 구두 소리가 먼저 들린다. 이윽고 보랏빛 무대 조명과 함께 까만 무대복을 입은 여성 무용수가 등장했다. 격렬한 춤사위가 시작되었고 박수 소리와 함께 공연장은 순식간에 흥분의 도가니에 빠졌다. 순식간에 뜨거운 열기로 가득찼다.

다음 등장한 여성과 남성 듀엣 공연은 더 다채롭고 풍성한 춤사위를 보여 준다. 분위기는 더욱 고조되었다. 세 번째 등장한 무용수는 등장부터가 심상치 않았다. 일단 눈빛이 사람들을

동굴 공연장에서 플라멩코 공연을
펼치고 있는 댄서

꿰뚫어 보는 듯 강렬했다. 격렬한 음악에 맞춰 구두 소리 역시
경쾌하면서도 묵직한 힘이 있고 춤추는 동선에서 강렬한 아우
라가 느껴진다.

내젓는 팔과 다리 그리고 회전할 때마다 휘감기는 드레스는
파장을 일으킨다. 그 파장에서 눈이 빠져나올 수가 없다. 귀청
을 뚫을 듯한 구두 소리는 마치 공연장 바닥을 뚫을 것 같았
다. 무언가 잡아먹을 듯한 그의 강렬한 눈빛은 깊은 내면에서
우러나오는 분노의 표현으로도 보이고, 끓어오르는 열정의 표
출로도 보인다. 어찌나 춤사위가 강렬한지 내 앞을 지날 때면
찬바람이 마구 일어난다.

이후로도 두어 차례 공연이 더 있었고 정신을 차리고 보니 조
명이 켜지고 공연은 끝났다. 내가 뭘 본 거지 싶을 정도로 혼이
나갔다. 빛과 소리, 춤과 의상이 혼연일체가 된 무용수들의 공

연은 너무도 얼얼하고 황홀했다. 1시간의 공연이 순식간에 지나갔다. 혼을 쏙 빼놓은 동굴 속 플라멩코 공연, 다 보고 나니 마치 온몸이 정화되는 것 같고 영혼까지도 맑아지는 것 같다. 동굴 속 플라멩코 공연, 그라나다를 여행하는 사람들에게 꼭 추천하고 싶다.

공연장을 나와 흥분을 가라앉히며 길을 걸었다. 알람브라 궁전이 보이는 니콜라스 전망대까지는 10분 정도 걸린다. 석양을 보러 온 사람들이 이미 가득하다. 한 줄기 서늘한 바람이 불어왔고 석양을 보기에 좋은 위치의 카페로 들어갔다. 알람브라에 왔으니 알람브라 맥주 하나와 상그리아를 주문했다. 석양의 하늘은 보랏빛으로 물들어가고 선선하게 불어오는 바람은 온몸을 감싸며 행복감에 도취되었다. 하늘의 색감은 완벽하게 아름다웠고 여행 중 최고로 행복한 하루였다.

다음 날 아침, 호텔에서 제공하는 조식은 깔끔하고 정갈했다. 여유 있게 아침을 먹고 숙소를 나섰다. 걸어서 5분, 그라나다 대성당에 도착했다. 대성당은 골목에 자리하고 있어 얼핏 보면 성당인지 아닌지 구분이 잘 가지 않는다. 성당 주변으로 가로수들이 있는데 모두 오렌지 나무다. 흰색 벽에 초록색 나뭇잎, 그리고 노란색 오렌지가 대비를 이루며 산뜻하고 발랄한 느낌을 준다.

대성당 안으로 들어서자 제일 먼저 눈에 들어온 건 수많은 흰색 기둥들이다. 즐비하게 늘어선 높고 긴 기둥 사이로 금박의 장식들과 푸른색 돔, 그 아래 아름다운 색상의 스테인드글라스가 자리하고 있다. 금빛 장식과 형형색색의 스테인드글라스가 있다 해도 그동안 가본 도시의 대성당들에 비해 그다지 화려하지는 않다. 사람마다 다르겠지만 그라나다 대성당은 내게 차분하고 정적인 느낌으로 다가왔다. 잠시 대성당에 머무는 동안 마음이 한없이 편안했다. 아무래도 나는 금빛 번쩍하는 화려한 장식의 성당보다는 소박하고 정갈한 느낌의 성당에 마음이 쏠리는 것 같다. 의자에 앉아 묵상을 하고 성당 한편에 있는 성물방에서 묵주 팔찌를 사가지고 나왔다.

뜨거운 한낮의 햇빛을 피해 숙소로 들어와 잠시 쉬었다. 다른 사람들도 그러는지 한낮의 땡볕에 거리를 다니는 사람은 많지 않다. 더운 나라의 문화, 우리도 적응했다. 오후엔 알람브라 궁전에 대해 자세히 알고 싶어 미리 한국인 가이드 투어를 예약해 두었다. 시간에 맞춰 알람브라 궁전 매표소에 도착해 보니 다른 두 명의 신청자가 더 있다. 우리를 포함해 총 네 명이 가이드의 안내에 따라 투어를 시작했다.

놀랍게도 입장을 할 때 여권을 보여주어야 했다. 전 세계의 여행객들이 알람브라에 오기를 원하는데 너무도 많은 사람들이 몰리면서 입장권을 사재기하는 경우가 많다고 한다. 그래서 정확한 입장객을 확인하는 차원에서 여권을 확인한다는 것이다. 여권을 확인하는 관광 명소는 처음이다.

그라나다를 오는 사람들은 알람브라를 보러 오는 거라고 한다. 나도 그렇다. 스무 살 무렵 기타 연주곡 〈알람브라 궁전의 추억〉을 처음 들었다. 거침없이 빠르고 화려하게 현을 튕기며 나는 소리, 말로 표현하기 어려울 정도로 가슴 저리고 아름다운 기타 선율에 단박에 매료되었다. 언젠가 스페인, 그중에서도 꼭 알람브라를 가봐야겠다고 그때 마음먹었다. 그리고 40여 년 가까이 흘러 드디어 이제 왔다. 오랫동안 꿈에 그리던 알람브라, 과연 어떨까 몹시 설레며 마음이 두근두근했다.

그라나다는 800여 년간 스페인을 지배한 이슬람 왕국 최후의 보루였다. 가톨릭에게 정복당하기 전까지 이슬람 왕국의 문화가 찬란하게 꽃 피운 곳이다. 고도로 발달한 이슬람 문화의 정수, 이슬람 문명의 아름다움과 정교함이 빛나는 현장이다. 이베리아 반도에서 축출당한 마지막 이슬람 왕조의 숨결이 느껴지는 알람브라, 애잔함이 더 느껴진다. 알람브라는 그라나다에 있는 궁전과 성곽의 복합단지를 말한다. 아랍왕조 나스르 왕국의 궁전으로 세계문화유산이기도 한 알람브라는 아랍어로 '붉은 것'이란 뜻이다. 이름답게 성채 전체가 붉은빛을 띠고 있다.

1230년부터 1492년까지 스페인을 지배한 이슬람 나스르 왕조의 마지막 술탄 보압딜은 1492년 가톨릭 왕국의 이사벨 왕과 페르난도 왕에게 항복했다. 오랜 포위 끝에 더 이상 버틸 수 없던 보압딜은 항복의 조건으로 이곳에 남은 무슬림들의 목숨과 신앙의 자유를 내걸었다. 그리고 마침내 나스르 왕조는 끝을 맺게 되었고 이곳 알람브라는 이후 오랫동안 폐허 상태로 방치되었다.

알람브라가 사람들에게 널리 알려지게 된 건 미국 작가 워싱턴 어빙 덕분이다. 1832년 워싱턴 어빙이 이곳에 왔다가 알람브라의 아름다움에 반해 머물게 되었고, 알람브라 궁전과 구전으로 내려오는 이야기를 엮은 에세이집 『알람브라 이야기』를 출간하게 되었다. 이 책이 널리 알려지며 전 세계의 사람들이 알람브라를 보러 스페인 그라나다를 찾게 된 것이다. 우리 부부도 그렇다.

알람브라의 최고 건축물은 누가 뭐래도 나스르 궁전이다. 화려함과 정교함의 극치를 자랑하는 이 공간은 이슬람 왕 술탄과 왕실 가족이 머무는 곳으로 외국 사신들을 접견하는 공간이기도 하다. 14세기 중반의 건축물로 아라베스크 문양이 빼곡하다. 사자의 정원에 들어서니 중정에 원형의 대리석 물시계가 있는데 12마리의 사자가 빙 둘러 떠받치고 있다. 모두 대리석으로 된 조각품이다. 이 물시계는 유대인들이 바친 선물인데 당시에는 매시 정각에 사자들이 돌아가며 물을 뿜어냈다고 한다. 가톨릭 왕국 하에서 이 원리를 알아내려고 물시계를 분해하는 등 애썼으나 실패했다고 한다. 지금은 그저 분수로만 사용된다.

나스르 궁전에서 화려함의 극치로 꼽는 곳은 '두 자매의 방'이다. 방의 이름은 벽면에 있는 2개의 같은 모양의 창문에서 유래되었다고 한다. 팔각뿔 돔 천장에도 여러 개의 창문이 있는데 이 창문으로 햇빛이 들어와 아름다운 조각들을 비춘다. 사람의 손으로 만들었다는 게 믿어지지 않을 정도로 정교하고 화려하다.

얼핏 보면 벌집 같기도 한 이러한 양식을 모카라베 양식이라고 한다. 천장에 빨려 들어가 넋을 놓고 보고 또 보았다. 저 높은 천장을 가만히 보고 있자니 문득 동굴의 종유석이 떠오른다. 마치 종유석을 정교하게 다듬은 것 같다는 생각이 들었다. 햇빛 아래 화려함의 극치인 이곳에서 어두운 동굴의 종유석이 떠오르는 건 참 아이러니하다. 그런데 가이드의 설명을 들으니 천장을 가득 메운 장식은 종유석 모양이 맞고 이슬람 창시자 무함마드가 코란을 받은 동굴을 표현한 것이라고 한다. 고개가 끄덕여지며 빙그레 미소가 지어진다.

이곳을 돌아나가면 아라야네스 정원과 만나게 된다. 들어서자마자 입을 다물지 못했다. 중정에 직사각형의 커다란 연못이 있다. 연못 위로 파란 하늘과 코마레스 탑이 그대로 비친다. 그 앞에 서 있자니 그냥 말문이 막힌다. 잔잔한 연못은 하늘과 구름, 나무와 건물을 그대로 반사하고 있다. 살짝 흔들리는 연못 위로 비친 반사경에 그대로 빠져 버리게 된다. 또다시 한참 동안 넋 놓고 있다가 맞은편으로 가보았다. 맞은편도 마찬가지다. 이런 비경이 또 있을까 싶다. 이 자체가 황홀경이다.

나스르 궁전이 왕실 가족이 상주하는 일상적인 공간이라면 헤네랄리페는 별장으로 쓰인 여름 궁전이다. 사이프러스 나무 사이사이로 분수와 물이 흐르는 연못이 있다. 길이가 50미터나 되는 수로 위로 가느단 물줄기가 떨어지는데 이 소리에 특별한 사연이 있다. 바로 이 물소리에서 세계적으로 유명한 기타 연주곡 프란시스코 타레가의 〈알람브라 궁전의 추억〉이 탄생한 것이다. 스페인의 작곡가이자 기타 연주자인 타레가는 이곳에 와서 연못 위에 떨어지는 물소리를 들었는데, 가만히 듣고 있자니 불현듯 영감이 떠올랐고 바로 그것을 기타 연주곡으로 만들었다고 한다. 그 자리에서 가이드가 〈알람브라 궁전의 추억〉을 틀어준다. 눈을 감고 들었다. 기타 현이 튕기며 물소리가 들린다.

알람브라 곳곳을 둘러보며 '무한'의 관점을 상징하는 아라베스크 문양, 그리고 분수를 통해 흐르는 물의 흐름으로 이슬람

왕실의 여름 별장으로 사용된 헤네랄리페
이 수로에 떨어지는 물소리에 영감을 얻어 기타 연주곡 <알람브라 궁전의 추억>이 탄생했다

정신세계에 대해 조금은 알 수 있었다. 건축 양식과 더불어 역사적 사건들을 배경으로 설명해 준 가이드 덕분이다. 알카사바 (병영)까지 둘러보고 투어를 마쳤다. 붉은빛 알람브라에는 오랜 시간 동안 켜켜이 쌓여온 사람들의 이야기와 삶이 고스란히 남아있는 듯하다. 그리고 비록 짧은 시간이었지만 알람브라의 내장된 수많은 이야기 속에 나도 풍덩 빠져들었던 것 같다.

거리에 나오니 타파스 바가 꽤 많이 보인다. 적당한 곳으로 들어가 앉았다. 메뉴판에 맥주 하나를 주문하면 타파스 하나가 무료라고 적혀 있었다. 안내 책자에서 보긴 했는데 정말 그랬다. 그라나다, 여러모로 좋다. 맥주의 종류는 많았으나 그라나다는 알람브라 맥주지, 하며 우리는 알람브라 맥주를 주문했다. 난 한 잔을 마셨는데 남편은 연달아 두 잔을 마셨다. 주문한 타파스는 다 맛있다. 시금치 크로켓이 특히 맛있었고 감바스 필필은 맛있긴 하지만 그냥 먹기엔 너무 짜다. 빵을 주문해 함께 얹어 먹으니 간도 적당하고 맛도 좋다. 저녁 식사로 찾아간 한식당도 맥주를 시키면 타파스가 그냥 따라 나온다. 달걀말이와 채소전을 주문했다. 밥도 배부르게 먹고 시원한 맥주에 넘치는 타파스, 충만한 하루다.

알람브라 맥주와 타파스
그라나다에서는 맥주를 주문하면
타파스가 무료로 나온다

남편과 배낭여행,
안 싸울 리가 있나

바르셀로나 대성당 밤의 전경

은퇴 부부의 42일 자유여행

이제 그라나다를 떠나야 한다. 호텔에서 제공하는 아침을 먹고 아쉬운 마음에 동네를 한 바퀴 돌았다. 그라나다 대성당 주변을 돌며 회색빛 벽과 샛노란 오렌지 나무를 쓰다듬었다. 고마웠고 잘 있으라고 인사했다. 손끝을 통해 이 마음이 그대로 전달될 것 같다. 오래도록 꿈에 그려온 그라나다, 마음에 깊이 담아 고이고이 간직한 채 이제 그라나다를 떠난다.

체크아웃을 하고 짐을 챙겨 나왔다. 공항까지 가는 버스는 우리가 머문 호텔 바로 앞에 정류장이 있다. 그런데 거리가 무언가 조금 이상하다. 도로에 차가 하나도 보이지 않는다. 버스도 택시도, 그 어떤 차량도 보이지 않는다. 조금 더 가다 보니 경찰들이 열을 맞춰 도로변에 늘어서 있다. 알고 보니 집회 때문에 도로를 전면 통제하는 것이었다.

예상치 못한 상황에 당황하며 어찌해야 하나 잠시 고민을 했다. 일단 차가 다니는 곳까지는 무조건 나가야 한다고 생각하고 걷기 시작했다. 무거운 캐리어를 끌고 있지만 힘들다고 지체할 수가 없다. 빠른 걸음으로 한참을 걷다보니 이마에 흐르던 땀이 눈으로 들어와 따갑기까지 하다.

저만치 버스정류장이 보인다. 가까이 가보니 우리처럼 캐리어를 든 여행객들이 모여 있다. 그러자 남편은 이 사람들처럼 여기서 버스나 택시가 올 때까지 기다리자고 한다. 엥? 이게 무슨 소리인지, 집회가 언제 끝날 줄 알고. 나는 "말도 안 돼" 하며 차가 다니는 곳까지 무조건 가야 한다고 했다. 바르셀로나 행 비행기가 우리를 기다려주는 것도 아니지 않나. 그런데 남편은 여기서 기다리자고 우긴다. 무턱대고 기다릴 수는 없다고 나도 우겼다. 실랑이를 벌이던 목소리는 점점 커졌다. 근처에 한국 사람이 없는 게 다행이었다. 도저히 이해가 안 되고 머리에 뚜껑이 열리는 것 같았다.

급기야 "그럼 여기서 기다리든지 알아서 해. 난 갈 테니까 공항에서 만나!" 하고 소리를 질렀다. 그리고 곧바로 걷기 시작했다. 여행을 다니며 별 탈 없이 그럭저럭 재밌게 잘 지낸다 싶었는데, 이제 끝내갈 때가 되나 보다. 분이 안 풀려 씩씩대며 걷고 있는데 남편이 슬금슬금 뒤에서 따라온다. 모른 척하고 계속 걸었다. 한참을 걷다 보니 드디어 교통통제가 풀린 도로가 나온다. 비행기 시간에 못 맞출까 봐 초조했다.

한참 뒤에야 빈 택시가 나타났다. 짐을 싣고 택시를 타고 나서야 안도의 한숨이 나온다. 열 받은 기운을 한 차례 식히고 남편에게 물었다. "왜 거기서 기다리자고 한 거야?" 남편은 곧 통제가 풀리지 않을까 싶었단다. "아이고, 답답하다 답답해. 언제 풀릴 줄 알고 기다려" 한마디 쏘아붙이고 입을 다물었다. 그동안 긴 시간의 여행 일정, 남편 덕에 잘 지냈던 건 안다. 아는데,

에휴, 한숨이 나왔다.

우여곡절 끝에 그라나다 공항에 도착했고 무사히 바르셀로나행 비행기를 탈 수 있었다. 바르셀로나 공항까지는 1시간 30분밖에 걸리지 않는다. 공항에 도착하니 한국 사람들이 많다. 바르셀로나를 5주 만에 다시 온 것이다. 두 번째로 오니 왠지 친숙한 느낌이다. 익숙하게 공항버스를 타고 카탈루냐 광장에 내렸다. 에어비앤비를 통해 예약한 숙소까지 지도를 보며 걸었고 쉽게 도착했다. 금발의 여성인 주인을 만나 숙소의 시설과 이용 방법에 대해 들었다. 친절하게 설명해준다. 숙소는 깔끔하고 시설도 좋다. 식탁에는 와인이 준비되어 있다. 2개의 잔이 와인과 나란히 놓여 있는 것을 보니 절로 미소가 지어지며 하루의 피로가 사르르 녹는다.

장을 보러 나왔다. 길을 지나는데 놀랍게도 에로스키 매장이 있다. 반가웠다. 에로스키는 스페인의 소비자생활협동조합(생협)이다. 역사도 오래되었고 한국의 생협보다 규모가 훨씬 크다. 들어가보니 기대한 바 대로 없는 게 없다. 빵과 치즈, 수프와 과일, 각종 채소들과 소스 등 잔뜩 장을 봐서 돌아왔다. 숙소에서 저녁을 해 먹으니 집처럼 편안하다. 남편과 치즈를 곁들여 와인을 마시며 우여곡절의 하루에 대해 이야기를 나누었다. 낮에 거리에서 대판 싸워 놓고 어느새 그랬냐는 듯 까맣게 잊고 또 서로 낄낄댄다.

　다음 날 아침을 먹고 남편이 빨래를 해서 너는 동안 나는 누워
잤다. 목이 따끔거리고 연신 재채기에 몸은 으슬으슬 한기가 든
다. 감기가 시작되는 모양이었지만 그래도 몸을 일으켰다. 오전
11시였다. 레이알 광장에 다시 가보고 싶었다. 가는 도중에 특이
한 건물을 발견했다. 지도를 검색해 보니 카탈루냐 음악당이다.

　벽면 한쪽이 공사 중이었음에도 불구하고 이 건물은 놀랍도
록 아름답다. 품고 있는 이야기가 많아 보이는 외벽의 조각은
디테일이 매우 정교하다. 조각상의 인물들은 생김새와 옷차림,
자세가 마치 살아 움직이는 듯하다. 음악당 건물에 카페가 있
어 들어가 보았다. 주문한 커피가 눈에 들어오지 않는다. 카페
에서 보는 건물 내부가 온통 예술 작품이다. 천정과 아치형 기
둥은 꽃문양으로 가득했고 각양각색의 스테인드글라스는 화
려하면서도 부드럽고 따스해 보인다. 타일 장식의 벽, 기둥을
장식한 꽃과 나뭇잎 문양에 마음을 홀라당 뺏겨 버렸다. 주문
한 커피 맛이 제대로 느껴지지 않을 정도로 주변으로 눈이 휭휭
돌아갔다.

　카탈루냐 음악당은 바르셀로나 시민들의 자부심을 나타내
는 곳이다. 19세기 중반부터 철강산업과 무역업으로 부를 축적
한 바르셀로나의 기업가와 부르주아들은 카탈루냐의 독립과

카탈루냐 음악당 외부
한쪽 면이 공사 중임에도
건축물의 아름다움이 빛난다

문화적 부흥을 이루고자 기부금을 모으기 시작했다. 카탈루냐 음악당은 바로 이 기부금으로 건축되었다. 유네스코 세계문화유산이기도 한 이 건물은 스페인의 대표적 건축가 중 한 사람인 루이스 도메네크 이 몬타네르에 의해 만들어졌다. 몬타네르는 가우디의 스승이기도 한데 2023년은 그가 사망한 지 100년이 되는 해다.

우리는 카페에서 커피를 마시며 음악당 일부만 보았지만 기회가 되면 티켓을 예매해 공연을 봐도 좋을 것 같다. 공간 자체가 예술인 곳에서 듣는 음악은 또 얼마나 아름다우며 감동적일까 싶다.

레이 광장(일명 왕의 광장) 앞
부채꼴 모양의 이 계단은 항해를 마친 콜럼버스가 이사벨 왕과 페르난도 왕에게 보고한 장소다

　지나는 길에 바르셀로나 현지인들이 많이 찾는다는 산타 카
테리나 시장을 둘러보고 조금 더 걷자 레이 광장(PLACA DEL
REI), 일명 '왕의 광장'에 도착했다. 레이 광장에는 뜨거운 땡볕
임에도 불구하고 꽤 많은 관광객들이 곳곳을 둘러보고 있었다.
사방이 회색빛 고딕 양식의 건물로 둘러싸인 이곳은 강력한 해
군력을 바탕으로 번성한 아라곤 왕국의 군주들이 머물던 장소
라고 한다.

광장에서 특별히 눈에 띈 곳이 있는데 부채꼴 모양의 계단이다. 몇 개 계단을 올라 잠시 앉아 보았다. 팔을 앞으로 쭉 뻗고 기지개를 켰다. 햇살이 바사삭 부서지는 것 같다. 해는 뜨거웠지만 개의치 않고 햇빛을 받아들이게 된다. 오랜 역사의 기억들이 내장된 계단에 앉아 상념에 젖어 있다 보니 그 시공간 자체가 내게는 평화였다. 사방의 소리는 잦아들고 고즈넉함만이 나를 둘러싼 것 같았다.

레이 광장 바로 옆은 바르셀로나 역사박물관이다. 박물관은 놓칠 수 없다. 예정에 없는 곳이었지만 입장권을 구매해 들어가 보았다. 이 박물관은 중세 시대 아라곤 왕들의 왕궁으로 사용된 곳을 리모델링했다고 한다. 들어가자마자 먼저 바르셀로나 역사를 기록한 영상을 보았다. 영상은 고대의 유물부터 시작된다. 이 유물들은 박물관 지하 1층에 전시되어 있다. 로마 시대의 성벽과 탑, 목욕탕과 도로 일부의 유물들이다. 바르셀로나의 과거부터 현재까지 어떤 변화를 겪어 왔는지 바다의 항구와 건물들의 변화를 보여주며 설명하는데 대략 알아들었다.

박물관 내부를 돌며 사진을 중심으로 둘러보았다. 사람들이 걷는 바닥에 바르셀로나 상세 지도가 깔려 있는 점이 특이했다. 지하로 내려가 로마 시대 유물들도 보았다. 언어의 장벽으로 인해 충분한 정보를 얻을 수는 없었지만 바르셀로나 역사를 한번 훑어본다는 면에서 좋았다. 무엇보다 그저 거리를 걷다가 우연히 발견한 박물관에서 로마 시대 유물은 물론 바르셀로나 역사를 한눈에 볼 수 있다는 것은 매우 기분 좋은 일이다.

점심은 메뉴델디아(MENU DEL DIA)를 먹기로 했다. 메뉴델디아는 주로 점심 식사로 가능한 코스 요리인데 에피타이저, 메인, 디저트의 순으로 나온다. 각 코스에는 선택 사항이 있어 원하는 것을 골라 먹을 수 있다. 가격도 그다지 비싸지 않다. 대체로 식당 입구에 간판이 있고 간판에 가격과 함께 그날의 메뉴델디아 내용이 적혀 있다. 그걸 보고 마음에 들면 들어가 주문하면 된다.

우리는 식당 몇 군데를 돌다 깔끔해 보이는 곳으로 들어갔다. 수프와 채소를 곁들인 생선구이, 감자와 고기를 주문했다. 소스가 뿌려진 채소와 함께 먹으니 간도 적당했고 맛도 괜찮았다. 무엇보다 디저트로 나온 크림 브륄레가 맘에 들었다. 브륄레는 프랑스 말로 '태웠다'란 뜻인데 우유, 달걀, 크림 등으로 부드러운 커스터드를 만들어 차갑게 식힌 후 설탕을 뿌린 다음 토치를 이용해 굳혀낸 것이다. 숟가락으로 살짝 두들겨 겉면을 깨서 섞어 먹는데 그 부드러움과 달콤함이 입안에 한가득 들어찬다. 한국에서도 간혹 먹어보긴 했지만 여기서 먹는 맛에는 미치지 못한다.

점심으로 나온 메뉴델디아의 디저트 브륄레
프랑스어로 '태웠다'는 뜻을 가진 브륄레는 부드럽고 달콤함이 최상이다

근처에 있는 피카소 미술관으로 갔다. 이미 사람들이 길게 줄을 서 있다. 우리는 미리 예매해 둔 바르셀로나 미술관 티켓을 이용했다. 스페인 말라가에서 태어난 피카소는 13세부터 19세까지 바르셀로나에 살았다. 그의 오랜 친구 사바르테스가 소장한 피카소의 작품을 기반으로 이 미술관은 시작되었다고 한다. 미술관을 둘러보는데 아는 작품도 있지만 모르는 작품도 많다. 한국어 오디오 가이드를 들으며 보니 피카소의 작품들이 더 가깝게 느껴진다.

피카소의 초기 작품 중 〈만틸라를 쓴 여인〉을 보는데 그 여인에게 마음이 꽂혀서 그만 움직일 수가 없다. 한참을 보고 또 보았다. 굵은 연필의 스케치와 붉은색과 파란색 그리고 주황색과 노란색 점으로 찍힌 붓터치가 묘하게 사람을 빨아들인다.

두어 시간 돌아보고 나오면서 기념품 매장에 들렀다. 나를 매혹시킨 그림 〈만틸라를 쓴 여인〉 포스터를 샀다. 여행을 마치고 집에 돌아와 액자에 끼워 벽에 걸어두었다. 눈만 들면 보이는 곳에서 지금도 그 여인과 수시로 눈을 마주하고 있다.

커피를 한 잔 마시고 숙소로 돌아와 잠시 쉬었다. 저녁 8시에 고딕 지구 야간 투어를 신청해 두었기에 슬슬 나설 준비를 했다. 두꺼운 옷으로 갈아입고 텀블러에 뜨거운 차를 담았다. 머플러까지 목에 동여매고 밖으로 나오니 아니나 다를까 기온이 뚝 떨어져 있고 바람까지 휭휭 분다. 한낮의 땡볕이 무색할 만큼 낮과 밤 기온 차이가 크다.

한국어 가이드 투어는 리시우 공연장 앞에서 시작되었다. 한국인 20여 명이 모였고 깃발을 든 가이드와 인사를 간단히 나누었다. 낮에 본 거리와 건물을 거의 그대로 다니는데 가이드의 설명을 들으니 머릿속에 쏙쏙 박히며 더 재미있다. 새로운 사실도 많이 알게 되었다.

레이 광장 앞 부채꼴 모양의 계단은 놀랍게도 콜럼버스와 인연이 있는 곳이다. 콜럼버스가 항해를 마치고 스페인으로 돌아왔을 때, 이사벨 왕과 페르난도 왕이 이 계단 위에 있었고 콜럼버스는 아래에서 두 왕에게 항해 결과를 보고했단다. 머리를 조아리며 왕에게 상황을 설명하는 콜럼버스의 모습이 보이는 것만 같다. 아까 낮에 팔을 뻗어 뜨거운 햇빛을 즐기며 앉아 있던 바로 그 계단에서 말이다.

산 펠립 네리(Sant Felip Neri) 광장은 아담했다. 가운데 커다란 나무가 있는데 저녁이라 그런지 더욱 운치 있어 보인다. 그러나 이 아름다운 이면에 끔찍한 아픔을 안고 있다. 1938년 스페인 내전 당시, 산 펠립 네리 성당 옆 초등학교에서 수업 중이던 아이들이 폭격을 피해 성당으로 대피하다 공화파 정부에 쿠데타를 일으킨 프랑코 반군의 폭격에 40여 명의 아이들이 사망했다. 성당 외벽에는 폭탄의 파편 자국이 지금도 선명하게 남아 있다.

울퉁불퉁한 파편 자국을 손으로 만져 보았다. 포탄 소리에 놀라 이리저리 피하며 두려움에 떨었을 아이들의 모습이 떠오른다. 무엇 하나 잘못한 것 없이 단지 어른들의 포악한 행태에 억울하게 희생된 아이들이 너무도 가련했다. 지금도 많은 사람들이 이곳을 방문한다고 한다. 제대로 기억하는 것, 잘못된 역사를 되풀이하지 않는 방법이다.

2시간의 고딕 지구 투어는 바르셀로나 대성당 앞에서 마쳤다. 밤에 보는 바르셀로나 대성당은 웅장하면서 기품이 흘러넘쳤다. 밤하늘을 배경으로 조형미가 한층 더 빛을 발하는 것 같다. 밤 10시가 넘었지만 대성당 앞 계단에는 사람들이 담소를 즐기고 있다. 그 모습 자체가 그저 한가롭고 여유로워 보인다.

　낮에는 반팔 티셔츠를 입고 땀을 흘리며 다녔는데 같은 장소임에도 저녁에는 찬바람을 맞으며 두꺼운 옷을 휘감고 다녔다. 5주일 만에 다시 온 바르셀로나, 편안하고 익숙하기까지 하다. 무엇보다 남편과 둘이서 다녀본 장소를 몇 시간 후에 전문 가이드의 안내로 유래를 들으며 다니니 색다른 맛이 있다. 한 번 가본 곳이 마음에 들어 다시 가보고 싶을 때, 얼마든지 발걸음을 옮겨 갈 수 있는 것, 그게 바로 자유여행의 참맛 아니겠는가.

　　　　　　　　　　　　　　은퇴 부부의 42일 자유여행

시간이 멈춘 듯,
꽃향기 가득한 중세의 골목 지로나

5주 만에 다시 온 바르셀로나에서 7박 8일간 머물 예정이다. 바르셀로나 인근 도시를 다녀보기로 했다. 당일치기로 가능한 곳 중 지로나와 몬세라트를 선택했다. 지로나는 바르셀로나에서 1시간 반 정도의 거리다. 때마침 지로나는 꽃 축제 기간이고 이왕이면 개막하는 날에 맞춰 가기로 했다. 바르셀로나 산츠역으로 가서 고속열차 렌페를 탔다. 40분 만에 지로나 역에 도착했다. 지로나 역에서 나오자마자 거리는 꽃 축제를 보러 온 사람들로 인산인해다.

깔끔한 현대식 건물들 사이로 온갖 꽃으로 장식한 부스들이 차례로 보인다. 각 부스마다 주제가 있는지 어떤 부스에서는

아름다운 지로나 대성당의 문

물방울 형태의 글자 'SOS'를 꽃과 함께 꾸며두었다. 아마도 지구의 물 부족 현실을 상징하는 듯했다. 꽃과 나뭇잎, 여러 가지 풀들을 종이와 함께 장식한 귀여운 느낌의 부스는 어느 초등학교 학생들의 작품이라고 적혀 있다.

선명한 빨간색 제라늄 꽃 위로 까만 벌레 인형, 그리고 너머엔 각종 계열의 푸른색을 칠한 솔방울들이 하나 가득 쌓여 있다. 이것도 한 초등학교 학생들의 작품이다. 조금 더 가다 보니 한쪽 나팔꽃처럼 생긴 보라색 꽃과 파란색 수국이 풍성하게 자리 잡고 있는데 87번 팀의 작품이라고 적혀 있다. 모든 부스는 학생들을 비롯한 주민들이 참여해서 재활용을 주제로 만든 작품이다. 구상하고 칠하고 배치하고 만들었을 작품들을 하나하나 살펴보며 걷는 재미가 꿀맛이다. 보면 볼수록 다음 부스를 기대하게 했다.

꽃 장식 부스 공간이 끝나갈 무렵 강이 나타났다. 온야르 강이다. 강을 가로지르는 다리에 멈추어 섰는데 여기가 돌로 만들어진 '페드라 다리'다. 강변에는 원색의 선명한 색색의 건물들이 늘어서 있고 온야르 강은 그 모습 그대로를 반영하고 있다. 잔잔한 강물에 비친 모습을 보니 마치 물의 흐름도, 시간도 멈춘 듯하다. 주변의 소음도 다 잠든 듯 조용한 순간이 찾아왔다. 한 줄기 햇살이 물살에 반짝이는 순간 강물에서 눈을 뗄 수 있었다.

고개를 들어 먼 곳을 바라보는데, 눈길을 확 잡아끄는 빛깔이 보인다. 정적이 흐르는 화면에 순간 빛이 번쩍이는 느낌이다.

온야르 강을 가로지르는 빨간색 다리, 그 유명한 '에펠 다리'다. 정식 명칭은 'Pont de les Peixateries Velles'인데 흔히 에펠 다리로 불린다. 이름에서 알 수 있듯이 에펠 탑으로 유명한 구스타프 에펠이 만들었다. 한국에도 잘 알려진 이 다리는 드라마 〈알람브라 궁전의 추억〉에 여러 번 나온다. 나도 푹 빠져 본 이 드라마, 그 명소를 걷게 될 줄이야.

지로나 신시가지를 걷다 보면 종종 눈에 익은 깃발이 보인다. 주택가 거리에서도 보이고 온야르 강가의 건물들에서도 보인다. 노란색과 빨간색 줄무늬 깃발, 바로 카탈루냐를 상징하는 깃발이다. 지로나는 카탈루냐 주에 속해 있다. 스페인어로는 헤로나(Gerona)로 부르고 카탈루냐어로는 지로나(Girona)라고 부른다.

바르셀로나가 주도인 카탈루냐 지방은 바스크 지방과 함께 스페인으로부터 분리 독립하려는 성향이 짙다. 수도인 마드리드를 주도로 하는 카스티야 지방과 대립각을 세우며 독립을 염원하고 있다. 카탈루냐의 깃발을 보면 왜 내 가슴이 뛰는지 모를 일이다. 그러다가 한 건물의 테라스에서 커다란 노란 리본을 발견했다. 앗, 세월호 리본이 왜 여기에? 깜짝 놀랐다. 영문을

온야르 강에서 본 에펠 다리
빨간색 철교로 구스타프 에펠이 만들었다

모르고 있다가 나중에 알게 되었는데 노란 리본 역시 카탈루냐 주민들의 독립의 염원을 담은 상징이라고 한다.

작은 광장을 지나는데 유독 사람들이 많이 모여 있다. 사람 키를 훌쩍 넘을 정도로 큰 인형이 서 있는데 주변에 화사한 꽃들로 가득하다. 형형색색의 인형은 안에 페치코트를 입은 것처럼 둥글고 활짝 펼쳐진 드레스를 입고 있다. 모두 꽃으로 장식되어 있다. 아니, 가까이 가보니 진짜 꽃이 아니라 꽃 모양 뜨개 장식이다. 꽃이 달린 윗옷도 모두 뜨개질 옷이다. 손목의 레

지로나 꽃 축제에 전시된 인형
꽃 장식은 모두 뜨개로 만든 것이다

이스도, 심지어 손가락도 모두 뜨개질이다. 압권은 손가락 끝의 빨간색 매니큐어를 칠한 손톱인데 이것 또한 모두 뜨개질이라는 거다.

'이걸 다 떴다고?' 이렇게 큰 인형을, 누군가 이렇게 디테일하게 코바늘로 한 땀 한 땀 작업했을 것을 상상하니 입이 안 다물어졌다. 수많은 사람들의 수고로 만들어졌을 결과물에 그저 감탄할 뿐이다. 그 앞은 사진을 찍으려는 사람들이 줄을 서서 기다릴 정도로 많다. 우리도 그 틈에 끼어 사진을 한 컷 찍었다. 물론 셀카였다. 한국과 달리 이곳에서는 대체로 주변 사람에게 사진을 찍어달라는 말을 잘 하지 않는다. 그래서 사진을 찍는다면 거의 다 셀카다.

사람들이 걷는 대로 아니, 사람들에게 밀려 걷다 보니 꽃으로 가득한 계단이 보인다. 대성당은 꽃으로 가득한 계단 끝 저 멀리 있다. 86개로 된 이 계단은 미국 드라마 〈왕좌의 게임〉 촬영지로도 유명한 곳이다. 성당 안으로 들어갔다. 지로나 대성당은 로마네스크 양식, 고딕 양식, 바로크 양식이 혼재되어 있다고 한다. 스페인의 성당은 대부분 오랜 기간에 걸쳐 건축하느라 다양한 양식이 혼재되어 있다. 그러나 그런 걸 제대로 살펴볼 겨를이 없다. 성당 내부에도 꽃 장식이 여기저기 가득했기 때문이다.

바닥 곳곳에 어마어마한 규모의 그림들. 이게 모두 꽃 축제의 작품이다. 색색의 꽃과 나뭇잎, 풀과 돌 같은 자연물로 만들어진 이 장식물들은 선명하고 동시에 디테일하다. 얼핏 보아 그림으로 보이는 이 꽃 장식에서 시선을 뗄 수가 없다. 정신을 놓고 한참 동안 빠져들었다. 성당의 긴 의자에 앉아 한숨 돌리며 내부를 둘러보았다. 화려한 샹들리에 조명에 노란 색감의 천장화가 눈에 들어온다. 회색빛 벽과 함께 무언가 몽환적으로 느껴진다.

성당을 나와 발길 닿는 대로 걸었다. 보이는 곳마다 중세의 거리다. 오랜 역사를 담아 켜켜이 시간을 포개두고 있는 돌계단, 돌벽, 돌바닥을 걸으며 중세의 시간을 마음에 담았다. 현재로부터 완벽히 고립된 것 같은 고즈넉한 이 시간이 좋다.

한참을 돌다가 쉬다가를 반복했다. 회색빛 좁은 길을 지나다 보면 간혹 건물의 창문에 빨간색, 보라색, 파란색 각양각색의 화사한 화분들이 걸려 있다. 중세의 시간에서 현재로 돌아오는 느낌이다. 광장에도 골목에도 꽃이다. 지도를 보며 명소를 찾아갈 필요가 없다. 꽃이 이끄는 대로 그저 따라다녔다. 우리가 지나온 한 골목은 영화 〈향수〉의 배경이 된 곳이라고 한다. 많은 관광객들이 그곳을 찾아 사진을 찍는다.

갑자기 넓은 광장이 나타났다. 사방이 둘러싸인 광장 가운데는 말을 탄 사람의 동상이 있다. 광장의 이름은 독립 광장이다. 공연이 있는지 한쪽에 마련된 무대가 웅성웅성하다. 남편과 나는 무대가 잘 보이는 카페로 들어가 맥주를 한 잔씩 주문했다.

시원하게 들이켜는데 어디선가 노랫소리가 들린다. 정식 무대 공연 전 아카펠라 팀이 연습 중이다. 아카펠라 소리를 듣는데 청량함이 솟구치는 것 같다. 시원한 맥주가 시원한 바람과 함께 청량감을 배가시킨다. 여행을 마치고 돌아온 지금도 지로나를 떠올리면 거리 가득한 꽃향기와 더불어 목을 타고 넘어가던 맥주의 청량감에 입맛을 다시게 된다.

FC 바르셀로나,
라리가 우승 현장을 직관하다

여행 중에 수많은 성당을 가보았지만 미사에 참석할 기회는 없었다. 오늘은 일요일이다. 바르셀로나의 사그라다 파밀리아 성당에는 일요일 아침 9시에 시작하는 인터내셔널 미사가 있다. 여행객들을 위한 미사다. 평소 성당에 잘 안 나가긴 하지만 가톨릭 신자로 성당에서 결혼식도 한 우리는 이 미사에 참석하고 싶었다.

인원에 제한이 있다고 들어서 1시간 앞선 8시에 성당 앞에 도착했다. 그런데도 이미 수많은 사람들이 길게 줄 서 있다. 우리 앞에서 끊길까 봐 조마조마했다. 차례가 올 때까지 한참을 기다렸고 다행히 들어갈 수 있었다. 경비 또한 삼엄해 입구에 들

호안 미로 미술관 전경

어서자 보안의 이유인지 가방 검사를 한다. 공항처럼 엑스레이 투시기를 통과해야만 한다. 전 세계 각지에서 벌어지는 테러의 위협 때문인 것 같다.

미사가 시작되었다. 언어는 달랐지만 익숙한 전례다. 아침의 밝은 태양빛은 성당 양쪽 벽면의 스테인드글라스를 통해 붉은 빛으로, 초록빛으로, 푸른빛으로 내부의 벽과 바닥, 천장에 투과된다. 오묘하고 은은한 빛은 성가대에서 흘러나오는 성가와

은퇴 부부의 42일 자유여행

함께 어우러지며 내 마음의 경건함은 최고조에 달했다.

미사의 마지막 부분, 서로 평화의 인사를 나누는데 옆에 있는 남편에게 인사하며 온 마음을 다해 그가 평화롭기를 기도했다. 그리고 왼편의 사람, 앞과 뒷사람에게도 고개 숙여 인사하며 진심을 다해 평화를 빌었다. 그 순간만큼은 머리 색깔, 얼굴 색깔이 달라도 마치 오랜 인연으로 이어져 온 사람인 것처럼 느껴졌다. 주변의 모든 사람들이 감사하다.

미사를 마치고 근처 카페에 들어갔다. 크루아상과 코르타도를 주문했다. 바로 눈앞에 파밀리아 성당이 보인다. 지금 본 이 장면, 다시는 볼 수 없는 장면이다. 지금도 성당은 공사 중이기에 내일이면 지금의 모습과 또 달라지기 때문이다.

오후엔 호안 미로 미술관에 가기로 했다. 숙소를 나섰는데 비가 내린다. 버스를 타고 미술관 앞에서 내리니 더 굵고 세찬 비가 쏟아진다. 가방에서 주섬주섬 우비를 꺼내 입었다. 미술관

사그라다 파밀리아 성당의
인터내셔널 미사가 끝나고
제단을 내려오는 사제단

입구까지 걷는 동안 얇은 우비는 강한 비바람에 견디지 못하고 여기저기 찢겨 나갔다. 손수건으로 대충 빗물을 닦고 안으로 들어갔다. 호안 미로 미술관은 미로와 그의 부인, 친구와 후원자들이 기부한 작품 1만 4천여 점을 소장하고 있는 곳이다.

미술관 안으로 들어서자마자 의자에 앉아 있는 호안 미로가 맞아주었다. 물론 사진이다. 호안 미로는 1893년에 바르셀로나에서 태어나 1983년 12월 25일 90세를 일기로 세상을 떠났다. 피카소, 달리와 함께 스페인을 대표하는 작가이며 오래도록 열정적으로 활동해 회화와 조각 등 수많은 작품을 남겼다. 원색으로 채색된 원과 단순한 곡선, 호안 미로를 떠올리면 가장 먼저 떠오르는 이미지다.

고등학교 미술 교과서에서 눈에 익은 초현실주의자 호안 미로의 그 이미지, 미술관에서 실제 작품을 직접 보니 신기하기 그지없다. 이어폰을 빌려 작품 설명을 들었다. 알아듣지 못하는 부분은 건너뛰고 일부만 알아들었는데 그것만으로도 뭔가 기분이 벙벙하고 마음이 풍성해지는 것 같다. 옥상에도 그의 작품이 있다. 옥상에서 내려다보는 바르셀로나 시내 전경이 또 기가 막힌다. 깔끔하고 세련된 붉은색 지붕의 건물들이 가득하다. 비가 갠 야외 카페에서 커피 한 잔을 마시고 밖으로 나왔다. 해가 비치는 초록의 잔디밭에 붉은색 조각품, 그리고 흰색 미술관 건물이 대비되어 한층 더 돋보인다. 호안 미로 미술관, 비온 뒤라 그런지 산뜻하면서도 운치 있다.

버스와 지하철을 갈아타고 RCDE(Real Club Deportivo Espanyol de Barcelona) 스타디움에 도착했다. 벌써부터 심장이 벌렁벌렁한다. 바르셀로나엔 세계적으로 유명한 축구팀 FC 바르셀로나가 있다. 그런데 바르셀로나엔 FC 바르셀로나 말고도 실력이 만만치 않은 또 다른 축구팀이 있다. 바로 RCD 에스파뇰이다. 오늘 RCD 스타디움에서 FC 바르셀로나와 RCD 에스파뇰의 경기가 펼쳐진다.

바르셀로나 여행 계획을 짜면서 가장 먼저 떠오른 생각은 사그라다 파밀리아 성당도 아니요, 카사 바트요도 아니었다. 혹시나 FC 바르셀로나의 축구 경기를 볼 수 있을까 하는 거였다. 축구에 대해 잘 알지도 못하면서 FC 바르셀로나에 대한 유별난 관심은 바로 협동조합이라는 이유 때문이다. 평소 협동조합에 대한 강의를 하며 외국의 사례로 FC 바르셀로나를 자주 거론했다. 짧은 영상도 보여주며 수강생들과 소감도 나누곤 했다. 그 사례인 축구팀의 경기를 직관할 수 있다는 것, 정말 꿈같은 일이다.

FC 바르셀로나의 경기를, 그것도 홈구장인 캄 누우에서 꼭 보고 싶었다. 그러나 우리가 바르셀로나에 머무는 동안 캄 누우에선 경기가 열리지 않는다. 어떻게든 보고 싶은 마음에 여행을 떠나기 전 작은아이에게 무슨 수를 써서라도 찾아보라고 했다. 아이는 열심히 검색하더니 FC 바르셀로나의 경기를 찾아냈다. 그게 바로 RCD 스타디움에서 하는 경기였다. 캄 누우에서 열리는 경기는 아니라도 이게 어디냐 싶었다. 아이에게 폭풍 같은 찬사를 퍼붓고 적당한 가격의 좋은 자리를 골라 바로 예약에 돌입했다. 그리고 드디어 오늘 그 경기장에 온 거다.

경기장 들어가기 전부터 거리는 파란색 유니폼을 입은 시민들로 가득했다. 남편과 나는 경기장 입구에 있는 카페에서 맥주를 한 잔씩 하며 축구를 영접할 마음의 준비를 했다. 축구를 영접하려면 약간의 술 기운, 약간의 흥분은 필수다.

경기장 출입구 역시 경비가 삼엄했는데 여기서 여행 내내 들고 다니던 텀블러를 압수당했다. 경기장에 던지면 위험할 물건은 모두 압수한다. 심지어 생수가 든 물병도 안 된단다. 그것도 멀리서 던지면 무기가 된다나? 너무도 아끼던 텀블러라 쓰레기통에 넣지 못하고 저 멀리 출입구 한쪽에 두었다. 혹시나 끝나고 나올 때까지 그대로 있으면 가져오려는 생각이었다(경기가 끝난 후 이 근처를 샅샅이 뒤져봤지만 끝내 실종이다).

경기장에 입장해 지정된 좌석에 앉았다. 좌석은 만석이고 RCD 에스파뇰 응원단의 파란색 유니폼으로 경기장은 가득차 있다. 우리 좌석은 공교롭게도 RCD 에스파뇰 응원석이다. 소수의 FC 바르셀로나 응원단은 저 멀리 맞은편에 아주 조그마하게 보인다. 이미 주위는 흥분의 도가니다. 우리 옆 좌석은 나이 든 아저씨들이고 앞 좌석은 청소년들인데 이들은 서로 아는 사이인지 먹을 것도 나누며 신이 난 채 웃음꽃을 피우고 있다.

우리는 FC 바르셀로나를 응원한다는 것을 티 낼 수가 없었다. 축구 티켓을 예매한 곳에서 사전에 연락이 왔는데, 에스파뇰 홈구장에서 FC 바르셀로나를 상징하는 깃발이나 도구를 가져가는 건 절대 안 된다고 주의 경고를 보내 왔다. 경기 중에 흥분의 도가니에 빠지게 되면 상대 팀 응원단으로부터 위험한 상

라리가 우승팀 FC 바르셀로나의 세리머니

황을 당할 수도 있다는 거다.

드디어 선수들이 입장한다. 먼저 등장하는 FC 바르셀로나 선수들이 전광판에서 한 명 한 명 소개된다. 소개는 순식간에 끝났고 뭔가 후다닥 해치우는 느낌이다. 너무나 웃겼던 건 다음 RCD 에스파뇰 선수들이 등장할 때다. 선수가 한 명 한 명 등장하는데 관중석 지붕 전체에 불이 번쩍번쩍 들어오고 동시에 신나는 음악도 나온다. 선수들을 맞는 관중들의 환호성은 하늘을 찌를 듯하다. 이렇게까지 대놓고 한다고? 너무도 노골적이라는 생각에 한참을 웃었다.

경기가 시작되었는데 FC 바르셀로나의 실력이 월등히 우세하다. 한 골씩 먹을 때마다 관중석은 집단적으로 자지러지는 신음소리를 낸다. 상대 선수들에겐 야유를 보내고 자기 팀 선수가 슛을 하면 마치 골이라도 넣은 것처럼 환호한다. 우리는 FC 바르셀로나 선수들이 골을 넣을 때 벌떡 일어나 큰 소리로 기쁨의 함성을 질렀다. 물론 속으로 말이다.

경기가 진행될수록 분위기는 고조되었고 관중들의 함성은 더욱 커졌다. 이날 경기장에 와서 알았는데 놀랍게도 이 경기는 FC 바르셀로나가 이기면 라리가 우승이 결정되는 경기였다. FC 바르셀로나는 우승을 위해서, RCD 에스파뇰은 리그 성적은 하위권이었지만 FC 바르셀로나의 오랜 경쟁자로서 사력을

다 할 수밖에 없는 경기였다.

결국 4:2로 FC 바르셀로나팀이 승리했다. FC 바르셀로나가 드디어 라리가 최종 우승을 거머쥔 것이다. 감격에 찬 선수들은 기쁨에 겨워 운동장에서 원을 그리며 뛰었다. 우리도 주변을 살피며 소심하지만 확실한 환호의 표정으로 주먹을 움켜쥐었다. 눈앞에서 FC 바르셀로나의 경기를 직관하다니. 그것도 라리가 결승 경기를 보다니. 게다가 우승을 하다니. 이 모든 것이 꿈만 같았다.

감격에 겨운 것도 잠시, FC 바르셀로나 선수들이 순식간에 쫓기듯이 경기장을 빠져나간다. 그런데 가만히 보니 진짜 쫓기고 있다. 성이 난 RCD 에스파뇰 응원단이 관중석에서 물병을 던지고 경기장으로 난입해 급기야 어디서 가져온 건지 모를 의자까지 던진다. FC 바르셀로나 선수들에게 대거 몰려가는데 그게 또 그렇게 웃길 수가 없다. 아니 그렇게 뛰어가서 뭘 하겠다는 건지 모를 일이다.

다행히 빠르게 경찰들이 막아서는 바람에 집단으로 몰려간 성난 군중은 되돌아 올 수밖에 없었다. 뛰어들어간 사람들 중 나이 많은 할아버지들도 있다. 대체 어쩌겠다는 건지, 그 할아버지들이 앞장 서 뛰어나가는 모습이 너무도 재밌었다. 귀엽기까지 했다. 경기는 끝났지만 경기 외에도 볼 게 많다. 한참 동안 웃다 경기장을 나왔다.

　밖으로 나오니 의외다. 예상하기로는 분명 화가 난 관중들이 길가의 돌이라도 차든지, 구조물이라도 밀어 버릴 거라 생각했는데 그렇지 않다. 놀랍게도 모두들 차분하게 돌아간다. 술집에 몰려가 흥분을 배가하며 알코올에 빠질 거라는 내 예상은 보기 좋게 빗나갔다. 즐비한 술집도 그냥 지나치고 대부분 전철역으로 향한다. 우리도 끼어서 역으로 향했다. 모두들 차분하고 안정된 분위기에서 줄을 서고 기차표를 산다. 놀라운 하루였다.

남편은 검은 성모상 앞에서
무얼 빌었을까?

목이 따끔거리고 코가 막혀 숨쉬기가 힘들다. 입도 바싹 타고 온몸이 쑤신다. 감기몸살이다. 여행 기간이 길어지며 피로가 쌓여 그런지 며칠 전에도 몸살이 났었다. 가지고 간 약은 다 먹어 이젠 없다. 남편은 아침 일찍 나가 약국을 찾아 감기약을 사 왔다. 한화로 무려 2만 원. 보험이 안 되니 비싸다. 약을 먹고 좀 쉬어서 괜찮아졌는데 다시 며칠 움직이니 감기가 도진 것 같다. 따끈한 수프를 먹고 오전 내내 누워 쉬었다. 내리 쉴까 하다가 그러기엔 아쉬워 점심 무렵 자리를 털고 일어났다. 계획했던 몬세라트에 가기로 했다.

에스파냐 광장 근처 플라사 데 에스파냐역에서 몬세라트행

몬세라트 수도원 광장

기차를 탔다. 1시간가량 걸려 몬세라트 역에 내리니 저 멀리 어마어마한 바위산이 보인다. 기괴한 바위산의 모습은 가히 압도적이다. 그리고 바위산 끝자락에 손톱만큼 작게 수도원이 보인다. 저 수도원까지 올라가는 방법은 케이블카도 있고 산악열차도 있다. 우리는 둘 다 타보기로 했다. 올라갈 땐 케이블카, 내려올 땐 산악열차를 타는 것으로 정하고 편도 티켓을 구매했다. 가격 차이는 별로 없다.

은퇴 부부의 42일 자유여행

케이블카 역에서 기다리는데 저 멀리에서 노란 케이블카가 다가온다. 케이블카에 올라 아래를 내려다보니 아찔하다. 저 위에 자그마하게 보이던 수도원이 점차 가까워오는데, 설마 줄이 끊어지는 건 아니겠지 살짝 떨었다. 걱정이 무색하게도 케이블카는 5분 만에 도착했다. 아래에서 본 손톱만 한 수도원은 막상 입구에 들어서니 어마어마한 규모다. 거대하고 기괴한 모양의 커다란 바위산을 배경으로 들어선 건물 하나하나는 세련되면서도 매우 아름답다. 파란 하늘을 배경으로 기암절벽의 바위산, 그 바위산을 배경으로 들어선 수도원은 지상에서 멀리 떨어진 외딴곳에 있어 그런지 마치 인간의 세상에 속한 곳이 아닌 것처럼 느껴진다.

몬세라트 수도원은 1,236미터 높이의 몬세라트 산 중턱에 자리해 있다. '몬세라트'는 톱니 모양의 바위산을 뜻한다. 몬세라트 수도원은 본래 십자군 전쟁 당시 무슬림 세력의 공격을 피해 은신해 있던 위프레도 백작의 은신처였다고 한다. 11세기 무렵 그의 증손자 리폴 신부가 수도원을 지었고 나폴레옹 전쟁 당시 파괴되었다가 19~20세기 무렵 재건해 지금의 모습을 갖추었다고 한다.

수도원 광장에 사람들은 많았지만 수도원이라 그런지 분위기가 정적이면서 차분하다. 성당에 들어가기 전 광장 주변을 둘러보았다. 사각의 돌들로 쌓인 벽에 사람의 형상을 한 음각 형태의 조각상이 있다. 성 조르디 조각상으로 호세 마리아 수비라치의 작품이다. 호세 마리아 수비라치는 가우디의 뒤를 이어 사그라다 파밀리아 성당의 파사드 중 수난의 파사드를 만든 작가이다. 수난의 파사드 조각품들이 그렇듯이 이 조각상도 단순하고 간결한 직선으로 이루어져 있다. 그런데 성 조르디의 눈길이 희한하다. 우리가 오른쪽으로 움직이면 오른쪽의 우리를 쳐다보고, 왼쪽으로 움직이면 또 왼쪽의 우리를 쳐다본다. 몇 번을 왔다 갔다 해봤는데 진짜 그렇다. 어느 각도에서 보든 성 조르디의 눈이 항상 따라다닌다.

광장 한쪽으로 길게 벽이 둘러쳐 있다. 거대한 외벽은 여러 개의 아치가 있고 아치와 아치 사이에는 하나씩 흰 조각상이 있다. 크게 뚫려 있는 아치를 통해 하나 가득 보이는 하늘은 눈이 부시도록 파랗다. 파란 하늘에 하얀 구름이 흘러간다. 마치 시간이 멈춘 것 같다. 계단 앞에 앉아 있는 사람들을 보는 것만으로도 마음에 평화가 일렁인다. 머릿속에 저장한 장면이 사진보다 오래간다고 했던가, 파란 하늘을 품고 연이어 늘어선 커다란 아치들은 뇌리에 각인되어 그 어느 장면보다도 선명하게 남아 있다.

수도원에서 몬세라트 산 정상까지는 푸니쿨라를 타고 갈 수

몬세라트 수도원의 아치 벽

있다. 초록색 작은 푸니쿨라를 타고 꼭대기에 도달했다. 거기서 부터는 트래킹 코스이고 실제 트래킹을 하는 사람들도 보인다. 푸니쿨라에서 내려 우리는 전망대로 갔다. 수도원은 다시 저 멀리 자그마하게 보인다. 전망대에는 머무는 사람이 거의 없어 한참 동안 마치 우리만의 공간인 양 자유롭게 보냈다. 간식으로 가져간 과자도 꺼내 먹고 커피도 마셨다.

경치에 빠져 넋 놓고 있는데 누군가 말을 건다. 젊은 두 명의 관광객이 사진을 찍어 달란다. 그들이 원하는 곳에서 두어 컷 찍어주고 내가 보기에 더 좋은 곳을 배경으로 두어 컷을 더 찍어 주었다. 확인하더니 매우 흡족해한다. 잠시 기다려달라더니 이번엔 폴라로이드 카메라를 내민다. 그것으로도 찍어주었다. 그러더니 갑자기 폴라로이드로 우리 부부를 찍어주겠단다. 몇 번 사양하다가 응했는데 몬세라트 산 꼭대기에서 폴라로이드 필름 사진이 생기다니 신기하고도 고마웠다. 어느 나라 사람인지는 모르지만 즐거운 여행이 되길 바란다며 인사를 나누고 헤어졌다.

다시 푸니쿨라를 타고 내려오는데 갑자기 비가 쏟아진다. 푸니쿨라 창으로 흘러내리는 빗물이 그 공간을 한층 더 운치 있게 만든다. 수도원에 도착하니 하늘은 먹구름이고 비 젖은 광장은 썰렁하다. 으슬으슬 추워져 카페로 들어갔다. 코르타도를 한 잔 마시니 그윽한 커피 향과 함께 따뜻한 기운이 온몸을 감싼다.

입장권을 구매하고 이제 바실리카 성당으로 향했다. 성당 정문의 정교한 조각상이 눈에 띈다. 예수와 열두 제자다. 마치 성당에 들어서는 모든 이들을 어루만져주는 듯하다. 입구 바닥엔 커다란 원형의 그림이 그려져 있다. 사람들이 원 앞에 줄을 서 있다. 이 원 안에 서서 기도하면 이루어진다는 설이 있단다. 우리는 일단 성당 안으로 들어갔다.

성당 내부는 전체적으로 어두웠다. 중앙의 제단 위로는 금빛 장식의 높고 둥근 돔이 있다. 긴 의자에 앉아 침묵하며 제단을 응시하고 있는데 제단 위로 무언가 움직인다. 가만히 보니 그 유명한 '검은 성모상' 앞을 오가는 사람들의 모습이 보였다. 사람들이 한 명씩 차례로 지나며 성모상 앞에 멈추어 기도한다. 멀리서 자세히 보이지는 않았지만 나중에 안내 책자를 확인하니 성모상 한 손에는 예수가 안겨 있고 다른 한 손에는 커다란 구슬이 있다. 사람들이 그 구슬을 만지며 기도한단다.

검은 성모상은 880년 무렵 몬세라트 산 동굴 안에서 발견되었다. 언제 어떻게 만들어진 건지 정확한 유래는 밝혀지지 않았지만 교황 레오 13세는 이 성모상을 카탈루냐의 수호성물로 지정했다. 카탈루냐 사람들은 뭔가 꼭 바라는 게 있으면 몬세라트 수도원을 찾아 검은 성모상 앞에서 기도한다고 한다.

성당에서 나오며 다른 사람들처럼 입구 바닥의 원 안에 들어가 섰다. 그리고 기도했다. 남편도 그리 한다. "뭐 빌었어?" 하고 물었더니 안 알려준단다. 나도 안 알려줬다. 뒤편으로 돌아 나오니 동굴 아래로 초를 봉헌하는 곳이 있다. 수많은 초들이 놓여 있다. 우리도 초를 사 불을 켰다. 지금은 돌아가신 나의 부모님과 시부모님 영혼을 위해 기도했다. 하늘에 계신 우리의 양가 부모님들이 우리를 보고 기특하다고 하실 것 같다. "그 나이에 멀고도 낯선 곳을 긴 시간 동안 둘이 잘 다니고 있네." 그렇게 말씀하실 것 같다.

내려올 때는 산악열차를 탔다. 산악열차는 높고 장대한 산을 S자 형태로 돌면서 내려온다. 산악열차를 타고 내려오다 보니

몬세라트 수도원 성당 안에 있는 검은 성모상
몬세라트 수도원 성당 밖에 있는 초를 봉헌하는 동굴

이 길을 내기 위해 수많은 나무들과 뭇 생명들이 훼손되었음을 짐작하게 된다. 사람들이 편하게 오가는 대신 상처 입고 훼손되어 복구되지 못하는 생명체들도 있다는 게 마음 한쪽을 무겁게 한다.

 기차를 타고 바르셀로나로 돌아와 카탈루냐 광장 역에 내렸다. 그런데 광장으로 올라오는 계단부터 이상한 조짐이 보인다. 계단을 오르는 사람들이 유난히 많을 뿐더러 분위기가 들썩들썩한 게 심상치 않다. "무슨 일이지?" 하며 광장으로 나온 순간 깜짝 놀랐다. 그 넓은 광장이 발 디딜 틈 없이 사람들로 가득하다. 수많은 사람들이 같은 유니폼을 걸치고 손에는 깃발을 들고 있다. 눈에 익은 유니폼이다. 바로 FC 바르셀로나다.

불현듯 떠올랐다. 바로 어제가 FC 바르셀로나가 라리가 우승을 거머쥔 날임을. 오늘 이 광장에서 축제가 열리는구나 싶었다. 카탈루냐 광장은 이미 흥분의 도가니다. 뭔가를 보려는 듯 사람들은 가로등과 길가의 동상, 가판대를 타고 올라가 있다. 주변 건물의 몇몇 창문들은 활짝 열린 채 사람들이 나와 서 있다. 흥분은 전염성이 강하다. 분위기에 빠르게 젖어든 나의 흥분도는 급상승했다. 어제 에스파뇰 홈구장에서 축구를 보느라 맘 놓고 응원도 못했는데 이 자리는 완전 반전의 분위기다.

뒤에서 갑자기 한국말이 들린다. 돌아보니 FC 바르셀로나 깃발을 든 한국 청년들이다. 절로 말이 나왔다. "나도 갖고 싶다, 깃발!" 깃발을 구하진 못해도 잠깐 빌려서 인증샷은 남겼다. 이 청년들, FC 바르셀로나 팬이란다. 어제 티브이로 봤는데 FC 바르셀로나가 우승해서 너무나 기쁘단다. 그래서 슬쩍 흘렸다. 우린 어제 RCDE 스타디움에서 경기를 직접 봤다고 말이다. 무슨 말인지 못 알아듣고는 되묻는다. 천천히 정확히 말해줬다. 어제의 라리가 우승 현장을 직관했다고. 이 청년들이 놀라서 입을 못 다문다. "아니 어떻게(그럴 수가)"를 연발한다. 대놓고 뻐기는 게 이렇게 신나는 일인 줄 몰랐다.

시간이 갈수록 함성 소리는 더욱 점점 더 커졌다. 모두가 한쪽으로 시선을 두고 기다리는 건 바로 FC 바르셀로나의 축하

카탈루냐 광장을 지나며 우승 세리머니 중인 FC 바르셀로나 선수단

세리머니 버스 행진이다. 잠시 후 귀청을 찢을 듯한 함성과 함께 선수단이 탑승한 긴 오픈버스가 나타났다. 감격에 찬 선수들이 손을 크게 휘저으며 기뻐하고 있다. 그 모습을 보는 시민들은 그야말로 흥분이 극에 달한 채 소리치고 있다. 나도 심장이 쿵쾅쿵쾅거린다. 이게 뭔 일이람. 꿈에도 생각하지 못한 FC 바르셀로나 선수단을 이렇게 가까이서 볼 수 있다니. 머릿속에 꿈이냐 생시냐가 뱅뱅 돌고 있다. 몬세라트 수도원에 갔다가 숙소로 돌아가려고 그저 카탈루냐 광장에 내렸을 뿐인데 이 광경을 맞이한다고? 더 이상 할 말이 없다. 우리는 그저 운수대통했을 뿐이다.

갖가지 아름다운 색을 입는
바르셀로나의 밤

 6박 7일간 머물렀던 바르셀로나 에어비앤비 숙소를 떠나는 날이다. 중심가인 카탈루냐 광장에서 도보로 6~7분 걸리는 아파트형 숙소는 깔끔하면서도 가격도 적당했다. 근처에 카페와 식당, 마트와 쇼핑센터까지도 많아 생활하기에 편리했다.

 숙소 1층에 카페가 있는데 어쩌다 보니 머무는 내내 가보지 못했다. 떠나기 전에 한 번은 이용해 보자 싶어 카페로 갔다. 크루아상과 코르타도를 주문해 아침으로 먹었다. 아침 햇살이 비추는 창가에 앉아 느긋하게 먹는 빵과 커피는 따뜻하고 부드러웠다.

 이제 짐을 꾸려 나가야 한다. 방과 거실은 물론 욕실까지 깔끔하게 청소를 마쳤다(청소는 깔끔한 남편이 했다). 주인에게 연락했고 와서 보더니 놀란다. 마치 우리가 입실할 때처럼 깔끔하게 정리되어 있단다. 고맙다고 연신 찬사를 보내니 우리도 기분이 좋다. 나중에 확인해 보니 에어비앤비 이용자에 대한 평가가 있는데 주인은 우리에게 최고의 평점을 주었다.

체크아웃 후 캐리어를 맡기고 바르셀로나 대성당으로 향했다. 입장권을 사서 성당 안으로 들어가 가장 먼저 전망대로 올라갔다. 성당 지붕은 곳곳이 공사 중이고 공사 중인 건물은 뭔가 어수선하다. 철제 비계가 여기저기 걸쳐 있고 사람들은 철제 안전 바를 잡으며 다니고 있다. 안전 바가 있어도 워낙 높은 곳이라 심장이 살짝 쫄깃거린다. 눈을 들어 보니 바르셀로나 시내 전경이 펼쳐져 있고, 파란 하늘에 얇게 펼쳐진 솜처럼 흰 구름이 깔려 있다.

바르셀로나 대성당은 높이 치솟은 첨탑으로 알 수 있듯이 고딕 양식의 대표적 건축물이다. 며칠 전 고딕 지구 야간 투어를 하면서 설명을 들었는데, 바르셀로나 고딕 지구에서 가장 오래된 건축물이라고 한다.

내부는 오래된 색감의 기둥 사이로 형형색색의 스테인드글라스와 샹들리에가 화려하게 빛나고 있다. 무엇보다 눈을 사로잡는 건 바르셀로나의 수호성인 에우랄리아의 석관이다. 13세에

지붕 공사 중인 바르셀로나 대성당

순교했다고 알려진 에우랄리아를 모신 성소가 바르셀로나 골
목 곳곳에 있는 것을 보았기에 더욱 인상적이었다.

성당에서 나와 시내를 걷는데 거리 저쪽에서 둥둥 북소리와
함께 함성 그리고 스피커를 통한 고음의 목소리가 들린다. 가
까이 가보니 'SOS' 글자를 새긴 티셔츠를 입고 한 무리의 군중
이 집회를 하고 있다. 무슨 내용인가 들여다보는데 갑자기 또

스페인의 대표적 음식 중 하나인 타파스

다른 함성 소리가 들린다.

　골목에서 보라색 티셔츠를 입은 한 무리의 여성들이 쏟아져 나온다. 청년 여성들이 깃발을 들고 거리행진을 하고 있다. 내용을 파악하기도 전에 그들은 순식간에 지나가서 어떤 이슈인지 파악할 수가 없었다. 아쉬웠다. 다만 보라색 옷을 입고 있는 여성들을 보며 젠더 이슈가 아닐까 짐작해 본다.

　점심으로 타파스를 먹었다. 스페인의 특별한 메뉴 타파스, 언제 또 먹을까 싶어 아쉬운 마음으로 천천히 음미하며 먹었다. 한입에 먹기엔 불가능해 어쩔 수 없이 베어먹는다. 그러다 보니 접시에 흘릴 수밖에 없다. 먹는 방식은 그다지 깔끔하지 않지만 겉은 바삭하고 속은 촉촉한 바게트 위에 그 어떤 것을 올려 두어도 혀끝의 미뢰는 환호를 터뜨리게 된다.

다시 숙소로 가서 맡긴 캐리어를 찾아왔다. 나는 이미 발목이 퉁퉁 부었고 통증은 최대치를 향해 달리는 중이었다. 남편이 캐리어를 가져오는 동안 나는 카탈루냐 광장의 벤치에서 앉아 기다렸다. 올 시간이 지나고도 한참 후에야 저 끝에서 남편이 나타난다. 커다란 캐리어 두 개를 끌고 힘겹게 오는 모습을 보니 안쓰럽기 그지없다. 캐리어 둘을 끌고 길을 잘못 들어 헤매기까지 했단다. 엄청 무거웠을 텐데 내가 발목이 시원치 않은 탓에 남편 혼자 너무 고생하는 것 같아 미안했다.

이제 바르셀로나에서 마지막 밤을 지낼 곳으로 간다. 카탈루냐 광장에 자리 잡은 호텔로 예약했다. 체크인하는데 호텔 직원들이 환영한다며 샴페인 한 잔씩을 내민다. 샴페인 한 잔에 우리는 몽글몽글 기분이 좋아졌다. 방에서 먹어도 되는지 물었더니 가능하단다. 방으로 올라와 창가에 앉았다. 그동안 매일 오가던 카탈루냐 광장을 내려다보며 마시는 샴페인이 너무도 달콤했다. 한숨 돌리고 마지막으로 바르셀로나 시내를 누려 보기로 했다. 누리는 방법은 미술관 투어다.

CCCB(Centre de Cultura Contemporània de Barcelona)에 들어서니 흰색 건물과 유리로 된 건물 앞에 작은 광장이 있다. 유리 건물 앞에는 유리를 거울 삼아 소녀들이 음악을 틀어놓고 춤을 추고 있다. 어, 그런데 어디선가 들어본 음악이다. 검색해 보니 놀랍게도 아이브(IVE)의 〈I AM〉이라는 노래다. 바르셀로나에 와서 K-POP을 듣게 될 줄이야. 뉴스를 통해 그 위력이 전 세계를 흔들고 있다고 듣기는 했는데 눈으로 직접 보니 정말 놀라웠다. 한참 동안 지켜보며 마음으로지만 그들과 함께 춤을 추었다. 자랑스럽고 뿌듯했다.

CCCB 내부로 들어갔다. 강렬한 빨강의 벽에 인쇄된 카툰이 전시되어 있다. 걸개그림으로도 걸려 있고 바닥에도 깔려 있다. 반사될 정도로 청명한 파란색 작은 방에는 카툰 영상이 상영되고 있고 바닥에 편하게 앉아 시청할 수 있도록 쿠션도 놓여 있다. 전시장의 색감과 전시물의 설치가 너무도 흥미롭게 배치되

CCCB에 전시 중인 카툰 작품

은퇴 부부의 42일 자유여행

어 있어 연신 감탄하게 된다. 번역기를 돌려가며 보는데 내용이 다 파악되지는 않았지만 몇몇 작품은 뚜렷이 기억에 남는다.

전통적 규범을 벗어난 성별에 대한 강력한 지지를 보내는 작품도 있고, 폭주하는 인간의 삶으로 인해 지구에 더 이상 생명이 존재하지 않는 미래에 대한 경고를 담은 작품도 있다. 어찌 보면 무거운 주제이지만 재미있는 카툰으로 표현하며 사람들에게 쉽게 다가가는 것 같다. 강렬한 색감과 세련된 배치, 그리고 미디어를 활용한 작품들이라 그런지 오래도록 기억에 남는다.

바르셀로나 현대미술관은 흰색의 건물로 미국의 건축가 리처드 마이어가 설계를 맡아 1995년에 완공되었다. 미술관 앞 광장이 매우 인상적인데 건물 입구까지 경사로가 설치되어 있다. 경사로 앞에는 한 무리의 청년들이 앉아 있고 그들은 차례대로 스케이트보드를 탄다. 빠르게 질주하며 회전하는 그들을 보며 질주에 대한 동경과 동시에 혹시나 저러다 다치지나 않을까 걱정하는 마음이 든다. 이거 분명 나이 든 사람의 마음이겠지?

현대미술관은 지하 1층에서 지상 3층까지다. 엘리베이터도 있지만 우리는 길게 난 경사로를 천천히 걸으며 위아래층을 동시에 보며 걸었다. 여기도 벽에는 물론 바닥에 전시된 작품들이 많다. 내부의 경사로는 건물 전체에 개방감을 주며 내부를 한눈에 볼 수 있어 매우 흥미로웠다.

밤의 바르셀로나는 갖가지 아름다운 색을 입는다. 오페라가 상영되는 람블라 거리의 리세우 극장은 밤이 되면 초록색 옷을 입는다. 바르셀로나 해변의 람블라 데 마르와 포트 벨은 보랏빛으로, 붉은빛으로 변한다. 낡고 오래된 건물을 그냥 부수는 게 아니라 유지 보수를 통해 그 건물이 가진 서사를 예술적 감각으로 녹여내는 것, 그것이 바르셀로나의 진정한 매력이 아닐까? 바르셀로나가 여행자들로부터 사랑받는 이유인 것 같다.

현대미술관 앞에서
스케이트보드를 타는 청년들

은퇴 부부의 42일 자유여행